LLINYNNAU RHYDDID

LLINYNNAU RHYDDID

James Watson

Addasiad
Rhian Pierce Jones

Argraffiad cyntaf—1994

ISBN 1 85902 145 X

(h) y testun Cymraeg: Rhian Pierce Jones

© James Watson

Teitl gwreiddiol: *Talking In Whispers*
Cyhoeddwyd gyntaf gan Victor Gollancz Cyf.,
Villiers House, 41/47 Strand, Llundain WC2N 5JE.

Cyhoeddwyd dan gynllun comisiynu'r Cyngor Llyfrau Cymraeg.

*Dymuna'r cyhoeddwyr gydnabod cymorth
Adrannau'r Cyngor Llyfrau Cymraeg.*

*Argraffwyd gan
J.D. Lewis a'i Feibion Cyf., Gwasg Gomer, Llandysul, Dyfed.*

Digwydd y stori hon yn Chile, ryw dro rhwng y presennol a'r dyfodol. Dychmygol yw'r cymeriadau i gyd, ond y mae'r hyn a ddarlunnir yn y nofel wedi digwydd, yn digwydd, ac yn sicr o barhau i ddigwydd, nid yn unig yn Chile, ond lle bynnag y caiff arfau y llaw uchaf ar ddemocratiaeth a chyfiawnder.

> Heddiw chi sy'n rhoi'r gorchmynion
> Does dim lle i leisio barn
> Y mae'r bobl oll yn crwydro
> Ar hyd y stryd a'u pennau i lawr
> Does dim siarad 'mysg ei gilydd
> Dim ond sibrwd ambell air . . .

> Ond fory ddaw.

Chico Buarque

1

Mae yna ddathlu yn Santiago.

'Miguel! Miguel!' gwaedda'r dorf yn llawn cynnwrf.

Yna saif Miguel Alberti, y Llew Arian, ar ei draed i'w hannerch. Disgleiria'r haul yn danbaid y tu ôl i'w siwt wen a'i het banama.

'Bobl Chile . . . *Compañeros*. Fy nghyfeillion triw.' Daw bonllefau o bob cwr o'r stadiwm. 'Mae'r Cadfridogion wedi tyngu llw i roi terfyn ar y tywallt gwaed. Mae gen i ffydd, ffydd y bydd Democratiaeth yn ennill y dydd, bobl . . . Ewch fory a phleidleisiwch dros ryddid fel y bydd ysbryd cyfiawnder ar gerdded dan gysgod grymus y Condor.'

'Fory, fory!' gwaedda'r dorf.

Ar hynny, gafaela Miguel, darpar lywydd y bobl, yn ei het a'i lluchio'n uchel i'r awyr. Cwyd pawb eu pennau i'w gwylio'n hedfan fel colomen heddwch yn erbyn cefndir llwm yr Andes yn y pellter, cyn disgyn i law llencyn gyda band du a choch am ei dalcen. Chwifia yntau hi'n fuddug-oliaethus i gyfeiliant yr utgyrn.

'Ydi hi'n dy ffitio di, Isa?' Gwena hithau arno a gwaedda'r dorf eto wrth iddi godi llaw ei hefaill i'r awyr. 'Fory!' Bydd pethau'n wahanol o fory ymlaen.

Gwyddai Andres fod Horacio ei ffrind eisoes yn farw. Roedd y bwledi a saethwyd trwy ffenestr y car wedi'i ladd ar ei union. Plymiodd y car yn ddireolaeth yn ei flaen a hyrddiwyd Andres allan i dywyllwch y nos. Yn y cyfamser rhedodd y pedwar ymosodwr am y ffos lle'r oedd y car wedi glanio, a llusgwyd Juan, ei dad, allan ohono.

Yna anelodd y pedwar am y mieri wrth ochr y lôn i chwilio am Andres. Doedden nhw ddim am adael i dyst ddianc.

Erbyn hyn, roedd Andres wedi llwyddo i'w lusgo'i hun o'r ffos ac wedi rhoi haenen o bridd ar ei wyneb, a gorweddai'n llonydd yng nghanol y mieri.

Yn sydyn saethwyd ugeiniau o ergydion i gyfeiriad y ffos nes bod y pridd llychlyd yn codi'n gymylau.

'Tyrd yn dy flaen—dal dy ddwylo i fyny!'

'Ond doedd yna neb arall, dim ond y ddau ohonon ni,' plediodd Juan gan amddiffyn ei fab.

'Mi gyfron ni dri. Rydan ni wedi eich dilyn chi o'r stadiwm, Larreta—a mi welson ni *dri* ohonoch chi.'

'Dim ond Horacio Rivera, fy ngitarydd, a minnau oedd yn y car. Mi aeth fy mab i lawr ynghynt.'

'Mi gei di dalu am dy g'lwydda, Larreta. Fydd yna'r un cyngerdd eto i'r Llew Arian.'

Clywodd Andres y mieri yn ysgwyd uwch ei ben a'r cerrig yn cael eu cicio. Roedd y chwilio wedi ailgychwyn. Pwy oedden nhw? Sgwad Lladd? Seciwriti? Neu'r CNI felltith?

'Hernandes?'

'Syr?' Roedd yr ateb yn arswydus o agos.

'Cer i gael gwared o'r car.'

Gwaeddodd Hernandes wrth i ddraenen dreiddio i'w gnawd ac yn ei gynddaredd saethodd nifer o ergydion i'r cysgodion.

'Be am y mab?'

'Cer am y car yna. Allwn ni ddim sefyllian yn fan'ma drwy'r nos.'

'Ond mae'n siŵr o siarad, Syr. Teulu felly ydyn nhw.'

Heb fod ymhell oddi wrtho, gorweddai Andres yn llonydd fel delw.

'Does yna ddim golwg ohono fo,' galwodd un o'r dynion. 'Efallai ei fod o wedi cael ei glwyfo.' Ar hynny saethwyd eto i'r cysgodion.

Ond doedd Hernandes ddim am roi'r ffidil yn y to mor rhwydd â hynny. Taflodd gipolwg eto i'r chwith a rhythodd i gyfeiriad y mieri—ond roedd ffawd o blaid Andres y tro hwn. 'Chei di ddim dianc y tro nesaf, 'ngwas i,' sgyrnygodd yn fygythiol.

'Hernandes—am y car!'

Rhegodd dan ei wynt wrth fynd yn ufudd am y car. Agorodd ddrws yr hen Chevrolet a thywalltodd betrol dros gorff Horacio a thros offerynnau *Los Obstinados* (Y Rhai Styfnig), triawd cerddorol Juan. Yna trodd y llyw. 'Gwthiwch.'

Camodd dau ŵr arall ymlaen ac wedi i Hernandes daflu matsien drwy'r ffenestr i wyneb Horacio, gwthiwyd y car dros y dibyn a ffrwydrodd eiliadau'n unig cyn glanio yn nŵr yr afon islaw.

Yna clywodd Andres sgrech teiars wrth i gar yr ymosodwyr ei sgrialu hi'n ôl am Santiago, a'i dad gyda hwy.

Daeth dagrau i lygaid Andres wrth feddwl am gorff Horacio yn yr afon oddi tano. Dim ond ychydig funudau'n ôl roedden nhw'n gwrando arno'n morio canu ei gyfansoddiad diweddaraf yn y car. Roedd y syniad ei fod wedi mynd am byth yn ei arswydo. A'i dad wedyn wedi ei gipio a'i gloi yn y carchar lle'r oedd marw'n haws na byw.

9

Pam na wnes i ddim ildio? O leiaf mi faswn i wedyn wedi cael mynd efo fy nhad ar ein taith olaf un.

Cododd yn araf ar ei draed a sylwodd am y tro cyntaf ar y sgriffiadau oedd ar ei gorff. Tagodd i gael gwared o'r pridd o'i geg. Yna camodd o ganol y mieri tywyll a'r cysgodion. Ar yr olwg gyntaf edrychai'n greadur heglog a thrwsgl braidd gyda'i ysgwyddau a'i benliniau esgyrnog. Ond wrth ei wylio'n cerdded yn osgeiddig deuai rhywun i sylweddoli'n fuan mai camargraff llwyr oedd hynny.

Taflodd gipolwg ar ei oriawr a roddwyd iddo'n anrheg gan ei fam, Helen. Perthyn i'w daid oedd hi cyn hynny. Roedd o'n dipyn o bêl-droediwr yn ei ddydd a chwaraeai i Glasgow Celtic. Roedd Andres yntau yn hoff o bêl-droed. Bu'n chwarae yng nghanol y cae i'w dîm ysgol a chafodd dreial i Dîm Ieuenctid Santiago. Ond gyda *Los Obstinados* yr oedd ei galon a'i ddyfodol, hynny yw, tan heno.

Erbyn hyn byddai'r Llew Arian yn siŵr o fod ar ganol ei anerchiad olaf yn San José, yn ôl y trefniadau, ac yno y buasai Juan, Horacio, Andres a Braulio, y drymiwr, hefyd oni bai am yr hunllef hon.

Mae'n rhaid i mi ei hanelu hi am San José, a hynny ar frys, meddyliai Andres. Wedyn mi ddywedaf i'r cwbl wrth Miguel ac mi gaiff yntau ledaenu'r hanes.

Trodd Andres a chrafangodd ei ffordd i lawr at yr afon. Gwelodd fod y Chevy yn dal i losgi a phenderfynodd gadw'i bellter—rhag ofn. Yna golchodd ei wyneb yn lân yn nŵr yr afon a safodd yn stond i wrando . . .

Sŵn car! Oedd yna obaith o gael ei godi?

Dringodd yn ei ôl at ochr y lôn. Byddai lifft yn arbed milltiroedd o waith cerdded iddo oherwydd mi gymerai drwy'r nos iddo gyrraedd San José, ond erbyn meddwl

pwy ar y ddaear fyddai'n codi rhywun wedi iddi dywyllu
—yn enwedig yn Chile yn y dyddiau oedd ohoni?

Waeth i mi drio ddim. Camodd i'r lôn a dechrau bodio.

Ar hynny daeth hen fan i'w gyfeiriad. Roedd ei hol-
wynion yn edrych yn ansad a dim ond un golau ochr oedd
i'w weld yn gweithio. Camodd Andres yn ôl ar y glaswellt
wrth iddi nesáu—fyddai hon byth yn dal rhagor o bwysau
nag oedd arni'n barod.

Oedd hi'n arafu?

Ceisiodd graffu ar y gyrrwr a'i gyfaill. Na, doedden nhw
ddim am stopio. 'Plîs!' gwaeddodd. Rhedodd Andres ar ei
hôl gan chwifio'i freichiau'n wyllt. Cynyddodd cyflym-
dra'r fan ac yna'n sydyn ac yn hollol ddirybudd newid-
iodd y gyrrwr ei feddwl a stopiodd mewn cilfan yng
nghesail y bryn o'i flaen.

Arafodd Andres pan welodd hyn a safodd yn ei unfan.
Rhaid i ti beidio â chodi ofn arnyn nhw.

Maen nhw'n dy wylio di trwy'r drych. Cododd ei
freichiau i fyny i'r awyr i ddangos nad oedd ganddo'r un
arf yn ei feddiant.

Ar hynny agorodd drysau'r fan a chamodd merch a
bachgen gyda band lliwgar am ei dalcen tuag ato. Daliai'r
bachgen ddarn o haearn yn ei law, rhag ofn.

'Eich car chi ydi hwnna?' gofynnodd y llanc, â'i lygaid
ar y Chevrolet oedd yn llosgi ger yr afon.

Penderfynodd Andres beidio ag ateb. Roedd o wedi
dysgu nad oedd hi ddim yn talu i chi fod yn onest efo
rhywun dieithr yn Chile, yn enwedig â'r *Junta* o gwmpas.
'Na, does a wnelo fo ddim â mi . . . Wedi colli'r bws i San
José ydw i.'

Wnaeth yr un o'r ddau ifanc fawr o ymdrech i'w ateb
yn ôl, felly mentrodd Andres gam neu ddau ymlaen. 'Mi

faswn i'n ddiolchgar dros ben . . . hynny ydi, os ydach chi'n mynd i'r cyfeiriad yna.'

Sylwodd mai efeilliaid oedden nhw—roedden nhw'r un ffunud â'i gilydd. Roedd y ddau yn eithaf tal ac roedd rhyw urddas o'u cwmpas, er gwaethaf yr hen fan racslyd a safai y tu cefn iddyn nhw. Camodd ymlaen i ddarllen yr ysgrifen ar ochr y fan: MARIONETAS DE LOS GEMELOS (*Marionettes* yr Efeilliaid). Pwyntiodd Andres at yr arwydd. 'Rydw i'n siŵr 'mod i wedi'ch gweld chi o'r blaen. Yn y farchnad yn San Miguel?'

Roedd hyn yn plesio a gwenodd y ddau. 'Chi ydi'r cyntaf i sylwi ar ein harwydd newydd ni. Dathlu ydan . . .'

'Taw, Beto,' rhybuddiodd ei chwaer.

'O pam lai, Isa? Dydi o ddim yn edrych fel petai o ar fin rhedeg i ddweud wrth y CNI . . . nac ydach, *Señor*?'

Ysgydwodd Andres ei ben. 'Doedd gennych chi ddim sgerbwd efo penglog oedd yn neidio i fyny ac i lawr wrth daro pobl? Ac estrys . . .'

'Oedd yn pigo trwynau pobl.'

Chwarddodd y tri yn nerfus a chafodd Andres wahodd-iad i'r fan. Y tu mewn roedd dau goedyn hir wedi'u gosod ar draws y to i ddal rhes o bypedau.

'Wel, fel mae'n digwydd bod,' meddai Beto gan geisio tanio'r fan, 'mynd am San José ydan ni. Mi fydd yn llawn dop yno gewch chi weld, a hithau'n ddiwrnod etholiad.'

'Rydan ni'n gobeithio cynnal tair sioe o leaif,' ychwan-egodd Isa. 'Allwch chi ddawnsio neu ganu?'

'Dawnsio ddwedsoch chi? Na, dydw i'n fawr o ddawns-iwr, ond mi alla i ganu a chwarae'r *charango*.' Tawodd Andres yn sydyn wrth sylweddoli ei fod yn dechrau dweud gormod o'i hanes wrth y ddau efaill. 'Mi roeddwn i'n arfer â gwneud.'

Synhwyrodd Beto annifyrrwch Andres a pharablodd ymlaen. 'Mae ein cwmni ni'n bwriadu ehangu. Mi fasen ni'n falch o gael canwr i ymuno efo ni neu rywun i chwarae'r *charango*.'

Chafodd o'r un ateb. Roedd geiriau olaf Beto wedi'i atgoffa o Horacio a'i dad, dau o gerddorion mwyaf Chile, os nad De America gyfan.

Arafodd y fan a throdd Beto i gilfan aros. 'Amser swper —be amdani?'

Er bod Andres ar bigau'r drain i gyrraedd San José, allai o ddim dweud hynny wrth y ddau yma a ph'run bynnag, wnâi llond bol o fwyd ddim drwg iddo. Estynnodd Isa am y bwyd. 'Does gen i fawr, mae arna i ofn.' Torrodd dorth hir yn dri darn a gwthiodd dameidiau o sosej garlleg i mewn i bob un. Yna rhoddodd ddarn o gaws a thomato i bawb.

'Be am gwrw?' Syllodd Beto i fyw llygaid Andres wrth dywallt y ddiod o'r botel litr. 'Rydw i'n siŵr o gael cic gan Isa os dechreua i holi cwestiynau i chi.' Distawrwydd; dim gair gan neb.

'Tydi o'n siarad fel pwll y môr?' pryfociodd Beto.

'Taw, a bwyta dy fwyd wir,' atebodd Isa.

Chwibanodd Beto. 'Pwy fasai'n meddwl 'mod i wedi fy ngeni naw munud a hanner o flaen fy chwaer? Mae hi'n fistras gorn arna i.'

Er nad oedd hi'n fwriad gan Andres ddweud dim o'i hanes ei hun, doedd o ddim am iddyn nhw feddwl ei fod o'n anniolchgar chwaith, felly gwenodd. 'Unig blentyn ydw i. Mi faswn i wedi hoffi cael brawd neu chwaer.'

'Dim ond cael dy hambygio ganddyn nhw wyt ti.' Roedd Beto'n amlwg yn tynnu coes ei chwaer i geisio'i phryfocio. 'Y nhw sy bob amser yn iawn.' Trodd at Isa. 'A be am frodyr, Isa?'

'Tueddu i fod braidd yn fyrbwyll maen nhw,' atebodd a hanner gwên ar ei hwyneb.

Cytunai Beto â hi. 'Mae hi yn llygad ei lle. Doedd hi ddim am roi'r arwydd newydd ar ochr y fan nes byddai'r Llew Arian yn ennill yr etholiad. Ond pa ddrwg oedd o'i roi o i fyny?'

Rhoddodd Beto'r golau ymlaen yng nghefn y fan a syllodd unwaith eto i wyneb Andres. 'Alla i yn fy myw feddwl lle'r ydw i wedi ei weld o o'r blaen. Be amdanat ti, Isa?'

Diffoddodd Isa'r golau. 'Rho'r gorau iddi.'

'Olreit.' Taniodd Beto'r injan yn ufudd a'i feddwl yn dal i droi o gwmpas y dieithryn yn y cefn. 'Wel, os ydw i'n *meddwl* 'mod i wedi dy weld di o'r blaen, mi faswn i'n dweud fod Isa'n *gwybod* ein bod ni wedi dy weld di yn rhywle.'

Aeth y fan yn ei blaen ar hyd y ffordd dawel a thywyll. Troellai'r ffordd nawr ac yn y man a chroesai'r afon mewn rhai mannau. Draw yn y pellter swatiai ambell fferm dan glwstwr o goed pîn trwchus.

Wrth i'r lôn gulhau o'u blaenau, daeth pentref bychan i'r golwg. Sylwodd Beto fod y ffordd wedi'i chau a bod criw o bobl wedi hel at ei gilydd gerllaw. Edrychent draw am San José a golwg bryderus ar eu hwynebau. 'Mi af i lawr i weld beth sy,' meddai Beto.

Dilynodd y gynffon hir o geir ac anelodd at gwr y dorf oedd wedi ymgasglu. Gwyliai Isa ac Andres yr olgyfa o'r fan. Wrth i Beto siarad ag un o'r bobl cododd ei ddwylo i'r awyr a phefriai ei lygaid gan wylltineb.

Yna dechreuodd redeg nerth ei draed yn ôl am y fan a cheisiai weiddi'r newydd yr un pryd. Hyrddiodd ei hun i mewn trwy'r drws a phoerodd y geiriau allan: 'Mae'r Llew Arian wedi cael ei saethu. Yn San José . . . Mae o wedi marw! Ar ganol ei anerchiad . . .'

Saethodd ias oer trwy gorff Andres fel petai rhywun wedi ei drywanu â chyllell a gollyngodd ei ben i'w ddwylo. Dim ond awr neu ddwy ynghynt roedd o'n ysgwyd llaw y Llew Arian wedi iddo herio bygythiadau'r *Junta* a'r Sgwadiau Lladd.

'Y Comiwnyddion sy'n cael y bai,' ychwanegodd Beto wedyn a'r dagrau'n llifo i lawr ei wyneb.

Draw o'u blaenau gwelent y dorf yn gwasgaru wrth i ddau heddwas ar feiciau modur ddechrau holi gyrwyr y ceir a gofyn am gael gweld eu dogfennau.

Bagiodd Beto'n sydyn a throi i fyny lôn fach gul a arweiniai i goedwig fechan. Stopiodd y fan a rhedodd Beto allan am y coed pinwydd. Roedd o'n gynddeiriog. 'Mi rydw i am adael Chile . . . Mi af i Ewrop—alla i ddim cymryd dim mwy o hyn. Miguel o bawb yn farw. Dyn da, Allende arall—wedi'i gladdu!' Syrthiodd i'r llawr a thyrchodd y pridd â'i ewinedd fel ci gwyllt wedi colli ei asgwrn. Dilynai Isa ac Andres y tu ôl iddo'n ddistaw a'u hemosiwn dan glo. Aeth Isa ato.

'Be wnawn ni, Isa?'

'Rhaid i ni fynd yn ôl i'r dre. Rŵan.'

'Ond be am y dyfodol?' Edrychodd heibio i'w chwaer i gyfeiriad Andres. 'Pwy ydi o, Isa?'

Syllodd y ddau arno a gofynnodd Isa. 'Be wnei di rŵan? Rydan ni am fynd yn ôl i Chago.'

'Gollyngwch fi yn rhywle,' atebodd Andres yn dawel. Roedd ei fywyd yn chwilfriw.

Penderfynodd Isa dynged y tri ohonynt. Gafaelodd ym mraich Beto. 'Mi gaiff o aros efo ni heno yn y felin ac mi wynebwn ni fory pan ddaw o.'

Ar y ffordd yn ôl i Santiago gwrandawai'r tri yn astud ar y radio. Roedd yr awdurdodau militaraidd wedi meddiannu'r holl orsafoedd darlledu ac ailadroddwyd yr un neges dro ar ôl tro: bod yr etholiadau wedi eu gohirio o ganlyniad i farwolaeth sydyn Miguel Alberti. Yn y cyfamser lleisiwyd apêl ar i bawb ymddwyn yn rhesymol.

'Cyhoedda'r *Junta* stad o Argyfwng i ddod i rym yn syth. Gwaherddir unrhyw gynulliad cyhoeddus a phob gweithgaredd gwleidyddol.

'O fory ymlaen, gweithredir gwarchae ym mhob tre a dinas yn y Weriniaeth rhwng 21.00 a 06.00 o'r gloch bob dydd.'

Daeth saib wrth i'r anthem genedlaethol ddynodi diwedd y darlleniad.

'Bobl Chile, rhaid cadw urddas a mynnu cyfiawnder; rhaid trechu'r mudiad *Résistance* unwaith ac am byth; rhaid i ni sefyll gyda'n gilydd i oresgyn y gelyn oddi mewn.

'Daw'r darlleniad hwn dan orchymyn Ei Fawrhydi Zuckerman, Pennaeth y Lluoedd Arfog, Llywydd y Weriniaeth.

'Duw a fendithia Chile!'

Roedd y fan erbyn hyn wedi cyrraedd cyrion de orllewinol y ddinas a deuai sŵn ymladd i glyw'r tri. Cododd Beto ei galon. 'Mae'r bobl yn gwrthryfela! Tybed ydi'r *Résistance* wedi camu o'r cysgodion i wrthsefyll y gelyn?'

16

Gwrandawai Andres yn astud. Clywai ergydion, yna swn ffrwydradau'n eu hateb. 'Mae ganddyn nhw danciau.'

Arafodd Beto wrth weld bod y ffordd o'u blaenau'n dechrau prysuro. Roedd mwyafrif y ceir yn dod o'r ddinas, felly trodd Beto i ofyn barn ei gyd-deithwyr. 'Be wnawn ni, mynd yn ein holau i Puente Alto ynteu swatio yma am y noson?'

'Mynd yn ein blaenau,' awgrymodd Andres, 'cyn iddyn nhw gau'r lonydd.'

'A chael ein chwythu i ebargofiant?'

'Na, Beto, mae Andres yn iawn,' meddai Isa. 'Os nad awn ni rŵan, mi fydd yr un broblem yn union yn ein hwynebu ni yn y bore.'

'Ond mae'r gynnau'n tanio'n syth o'n blaenau ni.'

'Tro am y dwyrain. Mi fydd ambell stryd yn San Miguel yn siŵr o fod yn dawelach na'i gilydd.'

'Dyna'n union oeddwn i'n bwriadu'i wneud,' cytunodd Beto, 'ond bod arna i ofn i ti ddweud 'mod i'n rhy fyrbwyll unwaith eto.'

Roedd hi'n ddu fel y fagddu o'u blaenau heb hyd yn oed oleuadau'r stryd i daflu ambell wawr o oleuni. Llywiai Beto'r fan yn ofalus mewn gêr isel ar hyd y strydoedd culion. Yn sydyn rhoddodd ei droed ar y brêc. '*Christo!*' Sglefriodd y pypedau i gyd gan lanio'n bendramwnwgl ar ben ei gilydd.

Roedd yr ergydion yn cael eu tanio'n syth o'u blaenau. 'Rydan ni yn ei chanol hi!' Fferrodd gwaed Beto wrth i'r fan fethu ac yntau ar ganol bagio. Am eiliad fer teimlai fel petai'r holl ergydion yn cael eu hanelu tuag atynt. Yna'n hollol ddirybudd, peidiodd yr ergydion a chaeodd llen o ddistawrwydd o'u cwmpas. Oedd y gelyn yn disgwyl iddyn nhw symud? Oedd y saethu drosodd?

'Be . . . be wnawn ni?' sibrydodd Beto, yn chwys diferol.

Agorodd Isa ddrws y fan yn ofalus, betrus. 'Well i ni fynd i guddio.'

'Gadael bob dim?'

'Maen nhw rownd y gornel,' sibrydodd Andres.

Sleifiodd y tri o'r fan gan symud yn llechwraidd at y trydydd tŷ.

Roedd hi'n dal yn dawel. 'Be ydi'r gêm?' gofynnodd Beto. 'Pam nad ydyn nhw'n saethu?' Hedfanai awyrennau uwch eu pennau a deuai sŵn ffrwydradau o ganol y ddinas. 'Allwn ni ddim aros yn fan yma,' ailddechreuodd Beto. 'Be am fynd i edrych be sy'n digwydd?' Chafodd yr awgrym fawr o groeso. 'Dewch, chwarae teg, fi yrrodd yr holl ffordd yma.'

'Ia, ac os ydi hi'n ddiogel, mi symudwn ni.'

'Mi af i,' mentrodd Isa.

Cychwynnodd allan, ond tynnwyd hi'n ôl gan Andres. 'Aros di, mae'n ddyletswydd arna i i fynd, er mwyn fy nhad.' Diflannodd a rhedodd o dŷ i dŷ gan ei holi ei hun yr un pryd ai er mwyn ei dad y gwnâi hyn ynteu er mwyn profi ei ddewrder i'r ferch hon?

Cyrhaeddodd gornel y stryd a gorffwysodd ar y wal gerrig. Sylwodd fod neges wedi ei chrafu arni.

ARBEDWCH FWLEDI AC AMSER Y *JUNTA*—SAETH-WCH EICH HUN!

Oedodd Andres cyn edrych rownd y tro. Ond yna teimlodd Isa'n ei bwnio o'r tu cefn. Mentrodd gip sydyn—roedd hynny'n ddigon.

'Tanciau!'

Taflodd ei hun yn ei ôl a thaflodd Isa'r un ffordd. 'Rho dy ben i lawr!'

Ymhen ychydig eiliadau roedden nhw wedi codi eto ac yn rhedeg nerth eu traed.

Roedd tri o danciau i gyd—dau o'u blaenau ac un y tu ôl iddynt, a thu ôl i hwnnw nifer fawr o filwyr â thariannau reiat.

Yn awr safai Andres, Isa a Beto fel delwau o flaen y tanciau. Ond trwy drugaredd welwyd mohonynt gan yr un o'r milwyr oedd yn y tanciau a thrwy ryw wyrth ni throdd yr un o'r milwyr arfog ei ben i edrych arnynt. 'Am y fan,' meddai Isa.

'Ond . . .' dechreuodd Beto o ganol pentwr o frics a bwledi, 'mi gawn ni'n lladd . . .'

'Yli, cer yn dy flaen!' mynnodd Isa.

Ufuddhaodd Beto a throdd allwedd y fan. 'Wel, ffarwél . . .'

'Dim yn ôl—yn dy flaen,' gorchmynnodd Isa.

'Ar eu traws nhw? Wyt ti'n gall, dywed? Dywed wrthi, yr hen gyfaill, nad ydi hi ddim yn gall.'

Ond roedd Andres yn crynu gymaint ag yntau. Eto i gyd, mentrodd, 'Pam lai?'

'Wyt ti am i mi yrru, Beto,' gofynnodd Isa mor ddi-gynnwrf â phosibl, 'ac mi gei dithau fynd i'r cefn?'

Cafodd y geiriau'r union effaith ag a ddisgwyliai Isa. Sychodd Beto ei geg a gosod ei droed ar y sbardun. 'Os mai dyna wyt ti eisiau.' Pwysodd y sbardun i'r gwaelod un.

'Bendith Duw fyddo ar y Llew Arian—ac arnon ninnau!'

2

Mae giatiau'r Stadiwm Genedlaethol yn Santiago wedi bod yn agor a chau drwy'r nos ac y mae pob stryd sy'n arwain tuag ati wedi ei chau a'i blocio gan un o geir yr heddlu. Does wiw i neb ddod allan o'r tai cyfagos, ond er y gwaharddiad, does dim i'w rhwystro rhag sbecian trwy'r ffenestri ar y rhesi ar resi o dryciau sy'n cyrraedd bob munud.

· Cario pobl maen nhw, neu garcharorion yn hytrach, a'r rheini'n cael eu llyncu i mewn i berfedd y stadiwm enfawr dan gysgod y gynnau.

Draw dan un o'r prif eisteddleoedd mae stafell rheolwr y stadiwm, ond nid ei enw o a welir ar ddrws ei swyddfa ond y geiriau CANOLFAN GROESHOLI.

Deffrôdd Andres wrth glywed ei sgrech ei hun. Roedd wedi cael hunllef—dim ond naw oed oedd o pan welodd y pistol yn anelu am y car y teithiai ei fam ac yntau ynddo. Yr eiliad nesaf daeth ergyd trwy'r ffenestr a syrthiodd ei fam allan wrth i'r car sglefrio oddi ar y lôn. Stopiodd y car a rhedodd Andres ati ond doedd hi ddim yn ei adnabod. Yna caeodd ei llygaid—roedd hi wedi mynd. Ai'r Marchogion Gwyn oedd yn euog? Ai'r Sgwadiau Lladd, y rheini a fu'n bygwth ei dad ers tro i roi'r gorau i'w ganeuon protest?

Dyma a âi trwy'i feddwl wrth weld ei fam, Helen, yn gorwedd yn gelain dan gysgod y goeden ddeiliog.

Ddaeth neb i wybod am y saethu. Wedi'r cyfan doedd yna ddim i awgrymu'r un drosedd a doedd gan yr heddlu ddim blewyn o ddiddordeb heb dystiolaeth. Ond mi dyrrodd nifer o alarwyr at y bedd—ac yn eu plith, ei chydweithwyr yn yr ysbyty lle'r oedd hi'n nyrsio—ysbyty i'r tlawd oedd o nes iddo gael ei orfodi i gau gan y *Junta*. Mi ddaeth y Seciwriti yno hefyd, nid i alaru, o na, ond yn hytrach i wneud cofnod o bawb oedd yn bresennol.

Pan welodd Andres ei fam, collodd arno'i hun yn lân. Gwaeddodd a llefodd. Taflodd ei hun at yr ambiwlans. Ond tawelodd wedi iddo gael mynd i mewn i'r ambiwlans ati a'i chofleidio.

Pan agorodd ei lygaid, canfu ei hun, nid yn yr ambiwlans nac ar lan y bedd yn gwrando ar gân olaf ei dad a'r triawd i'w fam, ond yn hytrach, yn gorwedd ar fatras ar lawr coed. Roedd bariau uwch ei ben a deuai pelydrau o olau drwyddynt.

'Dyna chdi. Dim ond ni sy yma, Beto ac Isa. Mi fuost ti'n andros o lwcus. Mi aeth y bwled trwy dy wallt di.'

Gwenodd Isa. 'Mi ddylat ti fod wedi gweld y twll wnaeth o yn y fan.' Rhoddodd ei llaw ar fraich Andres. 'Paid â phoeni, mi rwyt ti'n dal yn un darn.'

Teimlai Andres fel petai wedi cael ei daro â gordd. Ceisiodd ei godi ei hun ond wrth deimlo'i ben yn chwil, gollyngodd ei hun yn ôl. 'Oeddwn i'n dechrau colli arnaf fy hun?'

'Nag oeddat,' atebodd Beto.

'Dim ond rhyw fymryn,' meddai Isa wedyn, yn onest. 'Ond pa wahaniaeth? Rwyt ti efo ffrindiau.'

'Diolch.'

Syllodd Andres o'i gwmpas ar y waliau gwyngalchog a'r ffenestr hir, gul o'i flaen. Dim ond ei fatras ef oedd ar y llawr coed, ond draw ym mhen arall y stafell, gwelai fainc weithio a nifer o bypedau a sgerbydau llonydd o goed yn crogi wrth fframiau, a llenni cefndir lliwgar yn barod ar gyfer y sioe nesaf. 'Eich llc chi ydi hwn?'

'Ein cartre ni . . . ' meddai Isa gan dywallt llond powlen o gawl o'r sosban oedd yn mudferwi ar y stof wersylla. Rhoddodd Beto ei fraich y tu cefn i Andres i'w helpu i godi ar ei eistedd.

'Melin ydi hi?'

'Iâ, yr hyn sy'n weddill ohoni. Mi gafodd y rhan helaetha ei bomio yn '73 ar ôl iddyn nhw gael gwared o Allende. Hen storfa ydi hon, a fan'ma rydan ni'n bwyta, cysgu a ffraeo, ac mae yna le oddi tanom ni i gadw'r fan,' eglurodd Beto.

'Ac mae gennym ni olygfa wych o'r ddinas,' ychwanegodd Isa.

'Ond does yna neb yn gwybod ein bod ni yma, cofia. Ni sy'n cario dŵr yma ac yn dŵad ag olew i'r lampiau. A hyd yn hyn, rydan ni wedi cael llonydd.'

Edrychai'r ddau efaill ar Andres yn bwyta'i gawl. Eisteddai Beto ar ben bocs yn siglo'n ôl ac ymlaen. 'Ydi hi'n iawn i mi ddweud wrtho fo, Isa? Mi fydd raid imi fynd i'r golchdy mewn munud, felly . . . '

'Cyfrinachau?' holodd Andres.

'Dim o'r fath, *Señor* Larreta.'

'Roeddach chi'n gwybod.'

Oedd, roedd Isa'n gwybod o'r cychwyn cyntaf bron. 'Ond allwn i yn fy myw â chofio lle gwelais i dy wyneb di . . . nes i mi brynu'r papur heddiw. Ti'n enwog!'

Estynnodd Beto'r *Mercury* o'r tu cefn iddo. 'Andres wyt ti felly, yn ôl yr hen racsyn papur yma, ac yn ôl hwn rydan ni'n siarad efo ysbryd! Yli, darllen dy hanes—mae o ar ddudalen dau.'

Gosododd Andres ei gawl wrth ei ymyl a cheisiodd gydio yn y papur mor ddigynnwrf â phosibl:

Y *JUNTA* YN ADFER HEDDWCH
WEDI I'R COMIWNYDDION
LADD ALBERTI.
GOHIRIWYD YR ETHOLIADAU
YN CHILE.

Trodd i'r ail dudalen a gwelodd lun aneglur o *Los Obstinados*—llun ohonyn nhw ar ochr stryd wrthi'n canu —gyda Juan ar y blaen, Horacio efo gitâr a Braulio ar y drymiau. Darllenodd y pennawd uwch ei ben: JUAN LARRETA, Y CANWR GWERIN, YN CAEL EI LADD MEWN DAMWAIN CAR.

Yna aeth yn ei flaen i ddarllen amdano'i hun. **'Gwelwyd y car yn wenfflam ar ffordd San José. Lladdwyd Andres, mab Larreta, ynghyd ag aelodau eraill *Los Obstinados*—Horacio Rivera a Braulio Altuna.'**

Âi'r papur ymlaen fel hyn: **'Yn ôl tystiolaeth yr heddlu, yr oedd Larreta wedi bod yn yfed yn drwm (roedd yn hysbys ers peth amser ei fod yn alcoholig a'i fod wedi gwrthod cyngor meddygol).'** Bu'n rhaid i Andres ffrwyno'i deimladau wrth ddarllen y geiriau nesaf. **'Bu lleihad ym mhoblogrwydd Larreta wedi marwolaeth ei wraig, Helen, saith mlynedd yn ôl. Er i Larreta honni iddi gael ei saethu gan ryw Sgwad Lladd honedig, profwyd yn fuan wedyn iddi gyflawni hunanladdiad.'**

Gollyngodd Andres ei hun mewn anobaith ar y fatras.

'Wyt ti'n disgwyl i'r cadfridogion felltith yna gyhoeddi'r gwir?' Teimlodd law oer Isa ar ei dalcen. Cododd ei ben a syllodd ar y papur eto. 'Wel o leiaf mae'r *Mercury* wedi cael rhai o'u ffeithiau'n gywir.'

23

'Bu Andres, y mab un ar bymtheg oed, yntau mewn helynt efo'r awdurdodau yn ddiweddar. Fe'i gyrrwyd o'i ysgol ddiwethaf oherwydd ei fod wedi ei godi'n gadeirydd y Pwyllgor Iawnderau Dynol, dan adain Amnesti Rhyngwladol. Cafodd y pwyllgor ei wahardd rhag bodoli dri mis yn ôl . . .'

'Wel, Andres,' dechreuodd Beto. 'Rydan ni mewn dŵr poeth go iawn.' Plethodd ei freichiau. 'Tasan nhw ond yn gwybod dy fod ti yma. Wiw i ti godi dy ben am y dyddiau nesaf, neu'r wythnosau nesaf hyd yn oed.'

'Gei di aros yma am faint fynni di,' meddai Isa.

'Ar yr amod na symudi di'r un cam o 'ma,' ychwanegodd Beto.

Ysgydwodd Andres ei ben. 'Rydw i'n ddiolchgar dros ben, rydach chi wedi bod yn ffrindiau da imi, ond alla i ddim aros yn y cysgodion. Mae gen i bethau pwysig i'w gwneud. Roedd gan fy nhad nifer o ffrindiau ac mae'n rhaid i mi gael dweud wrthyn nhw be sy wedi digwydd.'

'Ond mi fydd y Seciwriti yn siŵr o fod yn chwilio amdanat ti,' dechreuodd Isa. 'Maen nhw'n gwybod dy fod ti'n dal yn fyw.'

'Does gen i ddim dewis.'

Er bod Beto eisoes yn hwyr i'w waith, eisteddodd am yr eildro. 'Rydan ni yn deall, wsti. Mae rhywun yn chwilio a chwilio a byth yn dod o hyd i neb.' Daeth dagrau sydyn i'w lygaid ac aeth Isa ymlaen â'r hanes. 'Rydan ninnau wedi colli ein rhieni, ein hewythr a'n cefnder . . . rhedeg y sioe bypedau oeddan nhw. Ond mae'n rhaid eu bod nhw wedi tramgwyddo mewn rhyw ffordd neu'i gilydd.'

'Ac mi ddiflannon nhw,' ychwanegodd Beto dan wylo, 'welson ni byth mohonyn nhw wedyn. Byth, er i ni chwilio a chwilio . . .'

'Pryd ddigwyddodd hyn?'

'Deunaw mis yn ôl. Mi aethon ni i'r swyddfeydd bob dydd am flwyddyn gron, ond doedd neb yn gwybod dim, na neb yn malio.' Cododd Beto ar ei draed. 'Rhaid i mi fynd. Mae'n ddrwg calon gen i drosot ti Andres, achos does 'na ddim byd gwaeth na disgwyl a disgwyl heb gael gwybod dim. Ac maen nhw'n gwybod hynny hefyd!' ychwanegodd a chwerwder yn ei lais. 'Ti'n gweld, os ydi pobl yn diflannu, does dim rhaid iddyn nhw sefyll eu prawf, does dim rhaid ffugio tystiolaeth yn eu herbyn na'u bwydo nhw yn y carchar. Rydw i'n mynd.' Trodd Beto ar ei sawdl gan adael llond stafell o ddistawrwydd ar ei ôl. Edrychodd Andres draw at y fainc a gwelodd Isa'n cydio yn y pyped yr oedd hi newydd ei orffen. Roedd o tua metr o hyd, wedi'i wisgo mewn gwisg filwrol a honno'n blastar o fedalau. Roedd ganddo fwstas trwchus ac aeliau blewog, duon.

'Dyma'r Cadfridog Zuckero!'

Dawnsiodd y pyped yn nwylo celfydd Isa a dechreuodd hithau siarad gan watwar llywydd Chile. 'Gyfeillion oll, ga i awgrymu'r ffordd hawsaf i ddod o hyd i'r bradwyr yn ein plith—yn syml iawn, arestiwch bawb!'

Chwarddodd Andres. 'Wnei di mo'i ddefnyddio fo?'

'Be wyt ti'n feddwl—mi fasai'n ddigon amdana i!'

'Pam wnest ti drafferthu ei wneud o 'ta?'

'Wel fel hyn mae hi—mae'r hen bypedau 'ma'n cael dweud ambell beth na feiddiwn i mo'i yngan.'

Syllodd Andres i fyw ei llygaid. 'Wyddost ti beth ydi'r peth gorau sy wedi digwydd i mi yn ystod yr oriau diwethaf yma?'

Edrychodd hithau i'w lygaid yntau. Gwyddai, fe wyddai'n iawn.

25

Fore trannoeth cychwynnodd Andres am y ddinas i dorri'r newydd i ffrindiau Juan a theulu Horacio. Roedd hi'n mynd i fwrw, meddyliai Andres wrth edrych ar y cymylau duon, bygythiol uwch ei ben. Pan gyrhaeddodd, teimlodd ryw ddieithrwch rhyfedd er bod y siopau ar agor fel arfer a thagfeydd ar y strydoedd. Cerddai'r bobl ar hyd y pafin gan syllu'n syth o'u blaenau neu gan wyro'u pennau. Arhosai ambell un am eiliad i sibrwd gair neu ddau. Roedd pawb yn sibrwd yn lle siarad heddiw. Daeth geiriau un o ganeuon Chico Buarque i'w gof:

> Heddiw chi sy'n rhoi'r gorchmynion
> Does dim lle i leisio barn
> Y mae'r bobl oll yn crwydro
> Ar y stryd a'u pennau i lawr
> Does dim siarad 'mysg ei gilydd
> Dim ond sibrwd ambell air . . .

Ond nid cân o anobaith oedd hi; roedd rhai o'r geiriau'n codi ei galon:

> Mi gewch dalu'n ddrud am glwyfau
> Rwygodd galonnau gwŷr ein gwlad
> A chewch brofi blas y dagrau hallt
> Ar fochau ein plant bach
> Ond fory ddaw . . .

Cyn pen dim fe'i canfu Andres ei hun yn ardal gyfoeth-ocaf y ddinas, y *Providencia*. Edrychodd ar y tai mawr crand a'u baneri cenedlaethol yn chwifio'n fuddugol-iaethus yn y gwynt i gydnabod y *Junta*.

Dyma nhw, meddyliai Andres, cynffonwyr y Cadfridog Zuckerman, sy'n achub ei wlad ar ddydd Sul, yn llofruddio'i elynion ar ddydd Llun, yn arteithio'r diniwed ar ddydd Mawrth, ac ar ddydd Mercher—pwy a ŵyr?

Oedd, roedd yna fynd a dŵad o'r siopau, cyrn yn canu ar y strydoedd a phobl yn yfed coffi o gylch byrddau'r *caffés* ar hyd y pafin. Mi fuasai'n hawdd anghofio'r gyflafan oni bai bod y tanciau a'r ceir arfog yn cau pob croesffordd. Berwai ei waed wrth weld dihidrwydd y bobl o'i gwmpas. Ydach chi ddim yn cofio bod Miguel Alberti wedi'i ladd bedair awr ar hugain yn ôl, a beth am fy nhad innau sy wedi cael ei herwgipio? Lle mae o? Beth sy wedi digwydd iddo fo? Oes yna rywun heblaw fi yn malio? Syllai mewn anobaith ar ddelw o'r Forwyn Fair oedd yn addurno San Cristóbal, y bryncyn dros Santiago. Tywyllai'r awyr uwch ei ben a theimlodd ddefnyn ysgafn o law ar ei foch. Tybed oedd yr elfennau'n cydymdeimlo ag ef?

Yna'n sydyn gwelodd lanc ifanc efo gwallt hir at ei ysgwyddau yn cael ei ddilyn gan ddau filwr o'r Berets Duon. Sylwodd y llanc arnynt a dechreuodd redeg gan igam-ogamu drwy'r bobl. Stopia cyn ei bod yn rhy hwyr, meddyliodd Andres wrth i'r milwyr weiddi arno. Ond gwibiodd y bachgen yn ei flaen, yn fyddar i'w rybuddion. Yna digwyddodd yr hyn a ofnai Andres—saethodd un o'r milwyr a thrawyd y bachgen yn ei gefn. Syrthiodd ar ei ochr, daeth ergyd arall a tharo'i ben y tro hwn, a llyncwyd y llanc dan olwynion tacsi oedd yn digwydd mynd heibio.

Cynhyrfodd Andres i'r fath raddau nes gwaeddodd mewn llais crynedig: 'Llofruddion!' Anelodd un o'r Berets Duon am y tacsi a llusgodd y bachgen gerfydd ei goler oddi ar y bonet. Ond trodd y milwr arall i gyfeiriad y sawl oedd newydd weiddi'r cyhuddiad yn eu herbyn. Syllodd ar fôr o wynebau ofnus. Roedd Andres eisoes wedi'i heglu hi ac wedi rhedeg yn gynt nag a wnaeth ar yr un cae pêl-droed. Yn awr safai y tu allan i un o siopau gemau drutaf Chago yn syllu trwy'r ffenestr a'i galon yn curo fel gordd. Ffŵl, Andres, yn mentro dy fywyd; ond roedd rhaid i rywun leisio barn mwyafrif y bobl oedd yn dal i sefyll yno'n syfrdan ar ôl bod yn dyst i lofruddiaeth llanc ifanc diniwed. Gallai Andres weld y cwbl a ddigwyddai y tu cefn iddo yn y gwpan arian fawr oedd wedi'i gosod yn y ffenestr. Roedd y Berets Duon erbyn hyn wrthi'n llusgo corff y bachgen i mewn i'r tacsi. Adnabu Andres y gwpan fawr o'i flaen—hon oedd cwpan enillwyr y gêm bêl-droed rhwng De America ac Ewrop. Cofiodd fod ganddo docynnau i'r gêm gyntaf rhwng Chile a Lloegr yn un o'r drorau gartref. Roedd o wedi edrych ymlaen am gael gweld y gêm ers wythnosau. Roedd yna docynnau i Horacio a Braulio hefyd. Roedd Braulio yn mopio'i ben efo'r gêm. Tybed fyddai ei sedd yntau'n wag? Yn sydyn daeth rhyw gryndod a gwacter i'w stumog wrth feddwl am y seddau gwag yn y stadiwm. Llanwodd ei lygaid â dagrau a theimlodd bopeth yn mynd yn drech nag o. A thybed mab pwy oedd y corff yna oedd wedi'i ddarnio ar y stryd o'i flaen? Trodd ei gefn ar yr erchylltra a sleifiodd trwy'r dorf heb i neb sylwi arno.

Penderfynodd anelu am rannau tlotach y ddinas lle'r oedd cartref Horacio. Roedd hi'n bwrw'n arw erbyn hyn a heli Iwerydd pell yn cael ei gario yn y glaw. Cofiodd linellau o gerdd un o feirdd anwylaf Chile, Pablo Neruda:

A fynni di gerdded y glannau fel ysbryd unig ar ffo
Gan seinio dy nodau digalon . . .

Sychodd Andres y deigryn o'i lygad. Tybed ai dyna fy

nhynged i—yr ysbryd unig ar ffo? Ond sut âi'r gerdd yn ei blaen?

> Ond paid digalonni, rhywun a ddaw
> Rhywun a ddaw
> O ynys bell, o ddyfnder y môr coch,
> Daw, fe ddaw.

Erbyn iddo gyrraedd drws y tŷ teras lle'r oedd Horacio'n byw roedd Andres yn wlyb at ei groen. Canodd y gloch. Roedd hynny fel rheol yn ddigon i gael ateb, gan fod naw yn byw yma i gyd—ei rieni, ei daid a'i nain, a'i frawd a'i dair chwaer iau. Ond y tro hwn ddaeth 'run ateb. Canodd eto ac eto wrth i'r glaw taranau ddymchwel ar ei ben. Yna, clywodd symudiad o'r tŷ drws nesaf wrth i un o'r ffenestri ar ochr y tŷ lithro i fyny'n araf deg. Hen wraig oedd yno. Ceisiodd Andres wenu'n siriol: 'Buenas dias, Señora! Ffrind Señor Rivera ydw i. Mae gen i neges bwysig i'r teulu.'

Syllai'r hen wraig yn ddrwgdybus arno. 'Mi gafodd y dynion eu harestio neithiwr.'

'A'i daid?'

Nodiodd yr hen wraig.

'Ac yntau'n wyth deg oed.'

'Ac mi gafodd y merched eu curo. Maen nhw wedi mynd at berthnasau.'

'Wyddoch chi i lle, Señora?'

Ysgydwodd ei phen. 'Na wn i. Dydi o ddim o 'musnes i.' Ond fyddai hi ddim wedi dweud hyd yn oed pe bai'n gwybod. Caeodd y ffenestr. Trodd Andres a'i geiriau'n atseinio yn ei gof—dydi o ddim o 'musnes i. Faint o weithiau glywai o'r geiriau hynny eto cyn diwedd ei daith?

Teulu Braulio oedd y rhai nesaf ar ei restr. Yn y rhan Dwrcaidd yr oedd ei gartref o (er wedi dweud hynny, Arabiaid oedd yn byw yno gan mwyaf). Cyrhaeddodd y tŷ gwyngalchog a churodd unwaith eto ar y drws. Y tro hwn, ni ddaeth 'run ateb o'r tu mewn nac o'r tŷ drws nesaf. Plygodd ac edrychodd trwy'r twll llythyrau a gwelodd yn syth fod y milwyr wedi bod yma hefyd. Roedd y tŷ â'i draed i fyny, y drorau wedi eu gwagio, y dodrefn wedi eu dymchwel a gwydrau a llestri wedi eu torri. Welai o mo'r cyntedd gan lyfrau a llawysgrifau a lluniau yn gorwedd driphlith draphlith trwy'i gilydd.

Yna sylwodd Andres ar ddalen wen o bapur a gwaed arni yn union o flaen y drws. Suddodd ei galon. Beth oedd hanes ei gartref o'i hun, tybed? Meddyliodd am ei eiddo personol a'r pethau yr oedd ganddo gymaint o feddwl ohonynt—ei lyfrau, ei recordiau, ei *charango*, y camera newydd brynodd Juan iddo rai wythnosau'n ôl ar ei ben blwydd, a'r lluniau roedd o wedi eu hel o daith *Los Obstinados* i Peru.

Roedd popeth gwerthfawr yn siŵr o fod yn rhacs jibidêrs.

Daliai Andres i swatio dan gysgod y bargod. Braulio oedd wedi ei ddysgu i chwarae'r *charango*, y gitâr fechan oedd yn offeryn gwerin yn Chile. Un tawel, dwys oedd Braulio nes bod rhywbeth yn ei gynhyrfu. Bryd hynny codai gwrid i'w fochau a ffrwydrai fel matsien. A sôn am fod yn gryf, gallai blygu hoelen ag un llaw a chodi pedwar ciw biliard rhwng ei fys a'i fawd nes eu bod yn gyfochrog â'r llawr. Ond o dan yr wyneb hwnnw, roedd yna addfwynder a theyrngarwch. Chwarddodd Andres wrth gofio am un achlysur pan adawodd Braulio i wenyn ei bigo. Wyddai o ddim ar y pryd fod ganddo alergedd i bigiad gwenyn, a bu'n rhaid iddo dreulio wythnos yn ei wely heb sôn am golli dau gyngerdd a gêm bêl-droed rhwng tîm yr actorion a thîm y cerddorion.

Lle'r wyt ti rŵan, Braulio? Wyt ti'n cuddio yn San José, ynteu wyt ti yng ngrafangau'r CNI yn derbyn pigiad canmil gwaeth na'r un gefaist ti gan y gwenyn?

Penderfynodd Andres fynd yn ei flaen i alw ar y bobl eraill oedd ganddo mewn golwg. Ond symudodd o'r un fodfedd. Daeth wyneb y llanc a saethwyd yn ôl i'w gof. Beth oedd ei drosedd o, tybed? Ai'r gwallt hir dynnodd sylw'r Berets Duon ynteu'r olwg ofnus oedd ar ei wyneb?

Y peth hawsaf yn y byd mewn sefyllfa fel hon oedd rhoi'r ffidil yn y to a chael eich llethu gan anobaith. Mor hawdd fyddai derbyn y ffaith na welai mo'i dad fyth eto. Cododd ei ben i wylio'r glaw yn llenwi'r stryd fel afon.

Yna'n sydyn sylwodd fod rhywun yn ei wylio. Swatiai hen ŵr mewn côt fawr dan fargod yr ochr arall i'r stryd. Un o dras Indiaid, meddyliodd Andres, Indiaid Araucanaidd, trigolion hynaf Chile a'r ffyrnicaf yng nghyfandir De America yn eu dydd.

Daeth syniad i'w ben wrth i'r ddau syllu ar ei gilydd. Rwyt tithau, hen ŵr, wedi colli dy deyrnas i'r Sbaniard fel rydw innau wedi colli fy nhad. Gallai'r stryd hon fod yn afon Araucanos, y Bio-Bio, sef y ffin y bu'r Indiaid yn ceisio'i hamddiffyn rhag y Sbaenwyr am dri chant a hanner o flynyddoedd—un o'r rhyfeloedd hiraf mewn hanes. Ni chafwyd heddwch tan 1888 wedi i'r Indiaid gael eu herlid oddi yno.

Erbyn hyn roedd yr Araucanos wedi ymsefydlu yma a thraw yn Chile, y gwŷr yn aml yn bobyddion a'r merched

yn glanhau neu'n golchi. Roedden nhw wedi colli popeth
. . . ond eu hurddas. Cododd Andres ei law i'w gyd-
nabod. Gwenodd yr hen ŵr yn gyfeillgar. Wel os gallodd
ei gyndeidiau o ddal eu tir am gynifer o flynyddoedd,
siawns na allai yntau ddangos yr un dygnwch. Ar hynny
mentrodd Andres allan i'r glaw.

Roedd Andres erbyn hyn yn wlyb at ei groen ar ôl
chwilota ym mhob cwr o'r ddinas am ffrindiau Juan. Ond
roedd y cyfan yn ofer. Roedd pawb wedi diflannu.

Yr un ateb a gâi wrth bob drws. Crynai'r merched gan
ofn: Mi gafodd o ei arestio . . . mae o wedi mynd i guddio
. . . dydan ni ddim wedi clywed dim oddi wrtho. Ac er eu
bod nhw'n cydymdeimlo ag Andres teimlai rywsut eu
bod nhw, ar yr un gwynt, yn falch o'i weld yn mynd.

Wedi'r cyfan, doedd o'n ddim ond bygythiad pellach
iddyn nhw.

Cyrhaeddodd y swyddfeydd lle byddai ei dad yn mynd
â'i ganeuon i gael eu cyhoeddi—a chanfod eu bod wedi
cau. Roedd y cwmni lle recordiai ei ganeuon wedi cau
hefyd ac wedi gosod arwydd yn y ffenestr yn dweud:
'Caewyd am gyfnod amhenodol'.

Aeth Andres i du cefn yr adeilad a dod wyneb yn wyneb
â'r gofalwr oedd ar ganol gwagio'r sbwriel i'r bin.

'Mab Larreta wyt ti yntê? Hel hi o 'ma reit handi, tra cei
di gyfle!'

'Ond mae 'nhad yn dal yn fyw. Chafodd o mo'i ladd fel y
dywedwyd yn y *Mercury*. Mae'n rhaid i bobl gael gwybod
er mwyn ei gael o'n rhydd.'

'Pa obaith, was? Mae pawb sy'n ei nabod o'n siŵr o fod
wedi cael eu harestio'n barod. Mi aethon nhw â'r bòs o
fan'ma bore 'ma.'

'Lle ydach chi'n meddwl aethon nhw â fo?'

Gosododd y gofalwr gaead y bin yn ôl yn ofalus yn ei le, heb wneud yr un smic. Yna meddai dan sibrwd, 'Os ydi o'n lwcus, mi fydd yn y Stadiwm Genedlaethol gyda channoedd o rai eraill.'

'Ac fel arall?'

Tynnodd y gofalwr ei fys ar hyd ei wddf. 'Yn Nhŷ'r Hwyl, rhad arno fo.'

Aeth ias sydyn i lawr cefn Andres; gwyddai mai llysenw pobl Chile am bencadlys y CNI oedd Tŷ'r Hwyl a chrynai pobun wrth glywed yr enw.

'Ond dydi fy nhad yn gwybod dim fyddai o werth iddyn nhw,' meddai Andres. 'Felly pam fasen nhw'n ei arteithio fo?'

Wyddai'r gofalwr mo'r ateb. 'Mae artaith a dioddef yn rhoi pleser i'r diawliaid. Mi ddylai dy dad wybod hynny.' Cyfeirio'r oedd at un o ganeuon Juan a gawsai ei gwahardd gan y *Junta*. Fel hyn yr âi:

> Pam cydymdeimlo â'r arteithiwr
> Sy mor hapus wrth ei waith . . .

Wrth i Andres anelu am y Stadiwm Genedlaethol pasiai'r faniau fesul un yn orlawn o garcharorion. Roedd hi fel diwrnod gêm fawr o bêl-droed a phobl yn heidio o bob cyfeiriad i'r Stadiwm Genedlaethol, i chwilio am berthnasau oedd wedi diflannu.

Tu mewn i'r stadiwm roedd hi fel ffair a phawb yn crefu am wybodaeth gan y swyddogion. Plîs, swyddog, allwch chi ddweud lle mae . . . Mae fy mab . . . Mae'n rhaid bod camgymeriad wedi bod . . . Wnân nhw gyhoeddi'r enwau! Ga i roi'r parsel bwyd yma i . . . ?

'Pawb yn eu holau!' gorchmynnodd un o'r swyddogion. 'Ewch adra! Mi wyddoch y drefn!' Gwyddent, fe wyddent y drefn. Er bod blynyddoedd wedi mynd heibio, doedd pobl Chile ddim wedi anghofio'r misoedd a'r blynyddoedd erchyll wedi i'r llywydd Allende gael ei lofruddio ym Mhalas Moneda. Pwy allai anghofio'r holl dywallt gwaed fu yn y stadiwm yr adeg hynny?

Roedd Juan yn ei chanol hi. Mi gafodd ei ddyrnu yn y cawodydd o dan y prif eisteddle ac yna ei arteithio a'i gadw mewn cell dywyll am flwyddyn gron—a hynny heb yr un cyhuddiad yn ei erbyn. Ac yno y buasai oni bai am ddyfalbarhad Helen a ffrindiau a fu'n gefn iddi. Trwy ysgrifennu llythyrau, trefnu deiseb a mynnu bod apêl, llwyddwyd i'w gael yn rhydd.

Pwy sy yna i dy helpu di rŵan, Juan? Dydi Helen, na Horacio na Braulio yma . . . Dim ond y fi bach, yn erbyn y cadfridogion. Dafydd yn erbyn Goliath. Ond Dafydd enillodd yntê, gwenodd Andres wrtho'i hun. Dim ond i mi gael ffon dafl a charreg!

Ond pharhaodd y wên ddim yn hir pan welodd yr arfau o'i flaen. Cerrig yn erbyn gynnau pwerus . . . ? Do, mi gollodd Goliath, ond mi ddysgodd pob Goliath wedyn nad oedd hi ddim yn talu i ymladd trwy deg.

Cadwodd Andres ei bellter oddi wrth y dorf. Cyrhaeddodd lorri arall a dadlwythwyd y bobl oddi arni yn syth. Os oedai un ohonynt, câi bwniad egr gan un o'r milwyr â blaen ei reiffl.

'Symud yn gynt, y diawl!'

Yna'n sydyn daeth Braulio i'r golwg o rywle. Cerddai yng nghanol y llwyth olaf a gefynnau am ei ddwylo. 'Braulio!' gwaeddodd Andres wrth geisio gwthio'i ffordd trwy'r gwrych o bobl oedd o'i flaen. Safai Braulio Altuna ben ac ysgwydd uwchben y lleill ac roedd ôl gwaed wedi ceulo ar hyd ochr ei wyneb. 'Gwnewch le . . . rhaid i mi fynd trwodd . . . mae ffrind i mi yn fan'cw.'

Ond symudodd neb yr un fodfedd. Yna sylwodd Andres ar ŵr mewn côt law olau oedd yn cael gwell hwyl arni nag o.

'*Permesso*! Gwnewch le, bobl . . . mae'r achos yn un cyfiawn!'

Gwelodd Andres ei gyfle a dilynodd wrth gwt y gŵr. Americanwr oedd o, a sylwodd Andres ei fod yn cario rhywbeth mewn bag plastig. Tybed ai gwn oedd ynddo? Pa ots, roedd yn rhaid iddo gyrraedd Braulio.

Estynnodd y gŵr am y bag. Oedd, roedd cynnwys y bag yn saethu, ond nid gwn oedd o, ond yn hytrach camera! Un o wŷr y wasg oedd hwn felly! Cododd Andres ei galon, roedd gobaith eto.

'Gwnewch le iddo!' gwaeddodd yn Sbaeneg. Yna mewn llais isel, ond yn ddigon uchel i'r Americanwr ei glywed ychwanegodd: 'Mae'n rhaid i'r byd gael gwybod am yr hyn sy'n digwydd yma.'

'Yn hollol,' atebodd yr Americanwr. Roedd y ddau yn deall ei gilydd i'r dim a dyma frwydro ymlaen drwy'r dyrfa.

'Welwch chi'r talaf ohonyn nhw? Fy ffrind i ydi hwnna.'

Roedden nhw erbyn hyn wedi dod i ddiwedd y llwyth a stryffagliai un o'r rhai olaf yn drwsgl a phoenus yr olwg oddi ar y lorri.

'Symud, neu mi symuda i di!'

Cododd yr Americanwr ei gamera a chododd y milwr ei reiffl yr un pryd i daro'r gŵr.

35

Y funud nesaf symudodd Braulio o ganol y llinell i brotestio, ond tyrrodd y milwyr o'i gwmpas fel gwenyn at bot mêl a lloriwyd ef yn syth. Clic—clic. Daliwyd y cyfan gan y camera. O'r diwedd dyma dystiolaeth o'r gorffwylledd sy'n digwydd yma, meddyliai Andres. Yna'n sydyn sylweddolodd fod un o'r prif swyddogion wedi cael cip ar y camera! 'O'r nefoedd, maen nhw wedi 'ngweld i!' Gwthiodd yr Americanwr y teclyn yn ôl yn sydyn i'r bag a'i wthio i law Andres. 'Cymera di hwn—mae hi wedi canu arna i!' Roedd ei wyneb yn wyn gan ofn.

'Ond . . .'

'Rydw i'n erfyn arnat ti . . . Mae'r ffilm . . .' Gwelodd fod y milwyr yn pastynu eu ffordd ato ac yn nesáu bob eiliad. Roedden nhw ar fin ei gyrraedd. Cariwyd Andres draw gyda phwysau'r dorf a gwahanwyd ef oddi wrtho. Gwthiodd y bag dan ei gôt gan weiddi'r un pryd, 'Ond pwy wyt ti?'

'Chailey—Don Chailey!' Roedd y milwyr wedi ei gyrraedd cyn i Andres gael cyfle i glywed ei floedd olaf, sef enw'i bapur. Caeodd y milwyr fel un amdano ond gwelodd Andres y cyfan. Gwelodd y dyrnau'n ei daro, gwelodd y traed yn ei sathru a gwelodd y dwylo'n chwilio'n orffwyll, ofer trwy'i ddillad. Plygodd corff Don Chailey gan boen a gwingodd wrth i bigau miniog yr esgidiau uwch ei ben godi o'i gnawd. Yna wedi methu â chanfod y camera, dechreuodd y milwyr fwrw'u cynddaredd ar y dyrfa. Fferrodd Andres wrth wylio corff yr Americanwr yn y cefndir yn cael ei lusgo tua mynedfa'r stadiwm ac yna ei daflu fel anifail i ffau.

Teimlai Andres ryw wacter yn ei stumog wrth weld y corff byw yn diflannu. Safai yn llipa a gwlyb a'i holl obeithion wedi'u malu'n chwilfriw. Doedd o ddim wedi cael fawr o lwyddiant ers y bore, ond roedd gweld yr Americanwr yn derbyn y fath driniaeth wedi sugno pob mymryn o obaith ohono. Doedd dim amdani ond derbyn realiti'r sefyllfa. Doedd ei benderfyniad a'i obeithion ef yn ddim yn erbyn y *Junta* pwerus.

Caeodd ei ddwylo am y camera oedd dan ei gôt a gwasgodd y dystiolaeth yn dynn. Meddyliodd am gynnwys y ffilm oedd yn y camera: roedd ganddo ddau lun o'r creulondeb o'i gwmpas. Fyddai'r Unol Daleithiau ddim yn hoffi cael ar ddeall bod y Berets Duon newydd lofruddio un o'i dinasyddion. Fyddai America chwaith ddim am weld un o wŷr y wasg yn cael ei ladd a hithau'n cyfrannu miliynau o ddoleri i Chile.

Sylweddolodd Andres mor werthfawr oedd y dystiolaeth oedd yn ei feddiant. Dechreuodd yr hen obaith ffrydio'n ôl i'w wythiennau. Roedd yn rhaid iddo rywsut gael gafael ar arweinwyr y *Résistance*.

3

Ar ei ffordd yn ôl i'r felin, meddyliai Andres sut ymateb a gâi i'r lluniau gan Isa a Beto. Ond cyn dychwelyd, penderfynodd fynd heibio'i gartref ei hun yn Via Rivadivia. Fe âi mor dawel â phosibl gan sleifio i mewn. Ond yng nghefn ei feddwl clywai lais Beto'n ei rybuddio, 'Paid â mentro. Dim ond ffŵl fasai'n mynd. Maen nhw'n siŵr o fod yn disgwyl amdanat ti.'

'Ond mi alla i nabod yr heddlu, hyd yn oed yn eu dillad eu hunain,' atebodd Andres.

'A be os byddan nhw'n cuddio yn y tŷ gyferbyn?'

37

'Wyt ti'n meddwl eu bod nhw mor awyddus â hynny i gael gafael arna i?'

Cyrhaeddodd Via Rivadivia. Ond er syndod iddo, nid yr hen stryd fach dawel a chyfeillgar gyda'i waliau gwyngalchog a'i basgedi blodau yma a thraw a'i hwynebai yn awr ond yn hytrach, stryd llawn ofn a dychryn. Safai jîp a fan filwrol yn syth o'i flaen a llosgai coelcerth anferth y tu cefn iddi. Roedd y milwyr yn brysur yn mynd o dŷ i dŷ ac roeddent ar fin cyrraedd ei gartref ef. Cuddiodd Andres ei hun yng nghanol y dorf fechan oedd wedi ymgasglu i wylio'r olygfa. Yn sydyn taflwyd ffenestr llofft Juan yn agored a gwelodd Andres lyfrgell gyfan ei dad yn disgyn i'r stryd. Yna daeth ei lyfrau yntau i'w canlyn. Gwyliodd y tudalennau'n hedfan trwy'r awyr gan syrthio'n glewt ar y pafin. Yna sgubwyd y cwbl i gyrion y goelcerth i afael y fflamau. Craffodd Andres ar rai o'r cloriau: *The Eagle and the Serpent, War and Peace,* Cerddi Neruda, bywgraffiad o Mozart, hanes y Beatles, darluniau gan William Blake, *Cyfarwyddwyr Ffilm Chile,* bywyd Bolivar, ac er mawr syndod a thristwch, y gyfrol *Alice in Wonderland* a gawsai gan ei fam flynyddoedd ynghynt.

Roedd hyd yn oed *Alice in Wonderland* yn fygythiad iddyn nhw! Ond er mor ddoniol yr ymddangosai hynny am eiliad, chwarddodd o ddim, allai o ddim chwerthin wrth wylio rhan o'i orffennol yn cael ei ddinistrio gan ddynion gorffwyll.

Gorweddai holl ganeuon Juan yn bentwr bychan o ludw o flaen ei lygaid.

Yna gwaeddodd y milwr a ofalai am y tân, 'Yn ôl gorchymyn y *Junta*, fe ddilëir holl eiddo gelynion y deyrnas!'

Oedodd y milwr i weld ymateb y dorf cyn mynd yn ei flaen.

'Bradwr oedd Juan Larreta. Bradwr i'r deyrnas ac i'r eglwys. Gwaherddir unrhyw gyhoeddi o'i waith yn ogystal â chanu ei ganeuon!'

Arhosodd y milwr gan hanner disgwyl gweld ymateb neu brotest. Ond ni leisiodd neb ei farn a theimlai Andres, fel y bobl o'i gwmpas, gywilydd o'r distawrwydd.

Dyma fo'n gwrando ar gelwyddau ac yn dweud dim, dim cymaint â sibrwd gair o brotest.

Roedd y swyddog yn amlwg wrth ei fodd a gwenai'n fuddugoliaethus. Tybed a wyddai yntau yn ei galon mai celwydd oedd y cwbl?

Yna'n sydyn daeth cri unig a dewr o gefn y dorf. 'Roedd Larreta'n ddyn da. Roedd o'n siarad â chalonnau ei bobl.'

Hen ŵr oedd wedi mentro lleisio barn y bobl.

'Chdi yn fan'na, tyrd yma!'

Caeodd y dyrfa'n amddiffynnol o'i gwmpas ac wrth iddo gamu ymlaen, gwelodd Andres mai'r hen Indiad a weithiai yn y becws i lawr y ffordd oedd o. Bu Juan yn canu ym mhriodas ei wyres.

Cipiwyd o'n sydyn a diseremoni i gefn y fan a throdd y milwr at y bobl. 'Oes yna chwaneg o arwyr?'

Cyrhaeddodd Andres ddrws y felin. 'Isa!' gwaeddodd. 'Yli be sy gen i yma—tystiolaeth!' Cododd y camera a'i ddangos iddi. Ond gwelodd yn syth bin fod rhywbeth o'i le. Roedd golwg wyllt a blin ar wynebau'r ddau. Eglurodd Beto'n syth fod y golchdy lle gweithiai wedi cael ei ddinistrio gan fom ac ychwanegodd Isa fod yr heddlu wedi mynnu cau'r ysgol feithrin (i blant y dosbarth gweithiol) lle gweithiai hi. Aethpwyd â'r wraig a redai'r ysgol i gael ei holi. 'Wnes innau ddim byd ond sefyll fel delw ac edrych arnyn nhw'n mynd â hi. Mae gen i gywilydd.'

'Fe fydden nhw wedi mynd â chdithau hefyd petait ti wedi dweud rhywbeth,' meddai Beto'n gysurlon. 'Wel, yr hen gyfaill, be sy gen ti yn y camera yna?'

'Llun Braulio yn cael ei hanner lladd y tu allan i'r stadiwm. Wn i ddim be sy ar weddill y ffilm.' Yna tynnodd Andres ddarn o bapur gwlyb o boced ei gôt—taflen oedd hi, a llawysgrifen arni.

'Mi es i adra, allwn i ddim peidio. Dyma'r cwbl sy gen i ar ôl o bethau Juan a minnau. Maen nhw wedi llosgi'r cwbl mewn seremoni fawr o flaen ein cymdogion.' Rhedodd ei law ar hyd y papur i gael golwg iawn arno.

Tynnodd Isa'r daflen o'i law. 'Yn union fel yr oedden nhw'n edrych yn y stadiwm.' Llun o *Los Obstinados* oedd ar y daflen—Juan, Braulio a Horacio—a chyhoeddiad o'u taith ddiweddaraf i Autofagasta, Arica ac ar draws y ffin i La Paz a Llyn Titicaca.

'Roedden nhw wedi gwirioni arnom ni yn Peru,' meddai Andres. 'Cafodd Dad gynnig digon o gyngherddau i bara blwyddyn. Ond mi fynnodd ddŵad yn ôl i helpu'r Llew Arian i ennill yr etholiad.'

'Ond sut mae hyn yn mynd i'n helpu ni?' gofynnodd Beto.

'Am mai cefnder Horacio, Diego, sydd wedi argraffu'r daflen ac mae ei gyfeiriad o ar y gwaelod. Mi fûm i yn ei argraffdy o unwaith, a fo ydi'r unig un y galla i ymddiried ynddo i ddyblygu'r lluniau yma. Yn ôl pob sôn, mi fu o'n aelod o'r hen *Résistance*.'

Daeth cysgod dros wyneb Isa. 'Os felly mi fyddan nhw'n gwylio'i le o ddydd a nos.'

'Mi fyddan nhw'n gwylio'r drws ffrynt efallai, ond mi wn i am ffordd ddirgel trwy'r cefn. Mi fasai'n golygu ein bod ni'n mentro, mi wn i hynny, ond mae rhywbeth yn well nag aros yn fan 'ma yn gwneud dim.'

'Ond mae'r milwyr yn wyllt ar hyn o bryd, mi saethan nhw at rywun neu rywbeth,' meddai Isa.

'Mae'n rhaid i mi wneud rhywbeth,' atebodd Andres, 'er mwyn Juan a Braulio . . . a Don Chailey,' ychwanegodd. Edrychodd ar y ddau efaill. 'Rydach chi'n meddwl 'mod i'n fyrbwyll, tydach?'

Ddywedodd Isa na Beto'r un gair. Roedd y tri'n dechrau deall ei gilydd. 'Tyrd, newid o'r dillad gwlyb yna cyn i ti gael annwyd,' mynnodd Isa.

'Lle mae lle'r Diego 'ma 'ta?' holodd Beto.

'Rhyw hanner awr o waith cerdded o fan'ma,' atebodd Andres.

'Felly mi fwytawn ni ac wedyn mi awn ni,' ychwanegodd Isa.

'Ylwch dydw i ddim yn disgwyl i chi eich dau ddŵad efo mi. Pam dylach chi?'

'Paid â gofyn y fath gwestiwn.' Gwthiodd Isa liain i'w law. 'Rydan ni wedi penderfynu ei bod hi'n haws rhannu peryglon pobl nag eistedd gartra'n poeni amdanyn nhw.'

Cododd Beto ar ei draed a thynnodd stumiau gan ddynwared yr heddweision mewn ffilmiau Americanaidd. *'We want a slice of the action, man.'*

Yn fuan wedi iddi nosi, swatiai tri chorff ymysg y biniau y tu cefn i argraffdy Diego Rosales. Sleifiodd un at y drws a churo'n ysgafn.

Pwysodd y glicied a gwthiodd yn dawel. 'Mae'r drws ar agor,' sibrydodd Andres. Daeth Beto at ei ochr a syllodd y ddau i'r tywyllwch.

'Mi oedd y clo wedi'i dorri . . . y CNI, tybed?'

'Pwy arall,' atebodd Andres.

Roedd Isa erbyn hyn wedi ymuno â nhw. 'Be am fynd i mewn?' Gwichiodd y drws wrth iddynt ei wthio'n agored.

'Oes 'na rywbeth i'w weld?'

'Dim eto. Ond mi alla i *deimlo* eu bod nhw wedi bod yma.'

Deuai digon o olau trwy'r ffenestr fach ar yr ochr i'r tri allu gweld y difrod. Roedd y lle â'i draed i fyny—yr offer argraffu wedi ei falu'n dipiau, y dodrefn wedi'u taflu a'u torri, papur wedi'i losgi'n un mynydd mawr ac inc wedi'i dasgu ar hyd y waliau.

'Be oedd ganddyn nhw—gordd?'

'Na, caib . . .' Neidiodd y tri mewn braw wrth glywed yr ateb. Deuai'r llais oddi tanyn nhw yn rhywle.

'Diego?'

'Ia, yr hyn sy'n weddill ohona i.' Ar hynny, gwelsant gefnder Horacio yn llusgo'i gorff i fyny'r grisiau a arweiniai o'r llawr isaf. Daliai fflachlamp yn ei law a hosan ar ei blaen rhag iddi daflu gormod o olau.

'Andres Larreta, Diego. Ydach chi'n fy nghofio i?'

Sythodd yr hen ŵr ei gefn a chydiodd yn wresog yn ei law. 'Ches i erioed mo'r fraint o ysgwyd llaw ag ysbryd o'r blaen. Yn ôl y *Mercury* . . .'

Torrodd Andres ar ei draws cyn i Diego gael cyfle i godi'i obeithion. 'Mae'r CNI wedi saethu Horacio . . . a chipio Juan . . . mae'n ddrwg gen i.'

'Ond mi'r wyt ti . . .'

'Mi fu ffawd o'i blaid o,' meddai Isa. Cyflwynodd ei hun a'i brawd i'r hen ŵr. 'Beto ydi o ac Isa ydw innau.'

'Efeilliaid?'

'Fy ngwarchodwyr i,' meddai Andres.

42

Ochneidiodd Diego. 'Mi faswn innau wedi gallu gwneud efo gwarchodwyr.' Taflodd gipolwg o'i gwmpas. 'Ac fel y gwelwch chi, wnaethon nhw ddim aros i gael swper.'

Chwarddodd pawb; doedd neb fel pobl Chile am weld yr ochr olau i bethau.

'Be ga i wneud i chi, bobl—argraffu cerdd foliant un llinell o hyd i'r *Junta*?'

Anelodd yr hen ŵr am y peiriant argraffu a phob llygad yn ei ddilyn. Llusgai ei goes y tu ôl iddo a chrymanai ei gefn wrth gerdded. 'Mi fydda i'n cerdded fel hyn er mwyn rhusio'r brain,' meddai Diego gan synhwyro llygaid y tri yn ei wylio.

Cofiodd Andres iddo gael ei garcharu a'i arteithio ar ôl i'r cadfridogion gipio'r wlad o ddwylo'r Arlywydd Allende. Roedd yn amlwg eu bod wedi gwneud niwed parhaol i'w asgwrn cefn, ond roedd yr hen ysbryd gystal ag erioed.

'Wedi dŵad â hwn i chi rydan ni.' Tynnodd Andres gamera Don Chailey o fag plastig. 'Mi ges i o gan ffoto-graffydd o America pan oedd o ar fin cael ei gipio gan y Berets Duon. Synnwn i ddim petaen nhw wedi'i ladd o erbyn hyn.'

Gafaelodd Diego yn y Nikon SLR a'i droi yn ei ddwylo. 'Teclyn drud. Phrynwyd mo hwn i dynnu lluniau priodas.'

'Mae yna lun o Braulio Altuna. Roedd o ymysg y carch-arorion yn cael ei bastynu a'i . . . Mac'r cwbl yna—tyst-iolaeth werthfawr.'

'Pam roddodd o'r camera i ti?'

'Doedd ganddo fo fawr o ddewis. Er mi roeddan ni'n

43

ffrindiau o ryw fath.' Oedodd Andres am eiliad. 'Pwy ŵyr be arall sy ar y ffilm.'

Goleuodd wyneb Diego wrth wrando ar Andres a chydiodd yn dynnach yn y camera. 'Mae yna rywbeth yn dweud wrtha i bod hon yn ffilm o bwys.' Roedd yn amlwg wedi cynhyrfu.

'Ond rydach chi mewn digon o helynt efo'r CNI fel mae hi yn ôl y golwg sy yma,' awgrymodd Isa wrth weld y difrod o'i chwmpas.

'O, ddaethon nhw o hyd i ddim byd! Mi wyddwn i o'r dechrau mai dim ond sioe oedd yr etholiad yma, dim ond esgus . . .'

'Ond lle mae'r offer felly?'

'Maen nhw wedi'u cuddio ym mhob twll a chornel o'r ddinas yma. Dewch efo fi i lawr y grisiau,' ychwanegodd Diego gan roi winc fach.

Roedd y CNI wedi bod yn y llawr isaf hefyd yn chwilio a chwalu a malu. 'Mae ffawd o blaid rhywun weithiau.'

'O blaid, ddywetsoch chi,' atebodd Beto mewn anghrediniaeth wrth weld y llanast o boptu iddo. 'Mae'n waeth yma nag i fyny.'

'Mi wnaethon nhw eu gorau—rhwygo gwifrau'r ffôn, troi'r popty â'i draed i fyny, dwyn fy *spaghetti* i, ond mi fethon nhw, do, mi fethon nhw.' Pwyntiodd at ddau ddrws yn ymyl ei gilydd a DYNION a MERCHED wedi'i sgrifennu arnynt. 'Feddyliodd neb am fynd i mewn i dŷ bach y merched!'

Herciodd Diego yn ei flaen, agorodd ddrws tŷ bach y merched a gwelsant stafell â'i llond hi o offer dyblygu lluniau. Roedd yr hen ŵr yn amlwg yn falch ohono'i hun. 'Hir oes i'r *Résistance*!'

Doedd neb wedi breuddwydio y byddai lluniau Don Chailey mor fentrus a gwerthfawr. 'Andres,' meddai Diego wedi'i syfrdanu, 'mae'r rhain fel deinameit!' Daliai'r ffilm oedd wedi'i dyblygu yn un llaw a chwydd-wydr yn y llaw arall. 'Mi fasai'r rhain yn ddigon amdanyn nhw—y *Junta* a Zuckerman ei hun.'

Synhwyrodd Diego y tensiwn o'i gwmpas a chwyddodd y lluniau i bawb gael eu gweld. Yn nüwch y stafell dywyll syllent ar yr hyn a welodd Don Chailey trwy lens ei gamera.

Dangosai'r llun cyntaf Miguel Alberti, y Llew Arian, yn sefyll ar y llwyfan yn y stadiwm a môr o wynebau a sloganau y tu ôl iddo. Canolbwyntiai'r nesaf ar un o'r wynebau hynny—wyneb tywyll a mwstas du a golwg sur-bwch arno yng nghanol torf hapus.

'Mr X, debyg.'

Teimlodd Andres ias yn ei gerdded wrth weld y llun nesaf. Gwelodd ei dad, Juan, yn canu'n llawn angerdd a Braulio a Horacio y tu cefn iddo. Roedd y bobl yn amlwg yn ymateb.

'Mi wna i gopi o hwnna i ti,' cynigiodd Diego.

'Dyna'r wyneb yna eto,' meddai Isa. 'Be sy ganddo fo yn ei law?'

'Dydi o ddim yn annhebyg i radio fechan,' awgrymodd Beto.

Oedodd Beto am eiliad. 'Be am hwn 'ta?'

Lledodd distawrwydd rhyfedd wrth i'r tri syllu ar lof-ruddiaeth Miguel Alberti. Roedd y Llew Arian yn codi ei fraich i gydnabod y dorf, yna'n sydyn wrth daflu ei ben yn ôl saethwyd y fwled a'i lladdodd. Oedd, roedd Chailey wedi llwyddo i ddal yr union eiliad y plannwyd y fwled yn ei wddf.

45

'Arswyd fawr!'

Prin y clywodd neb lais cras Diego'n ychwanegu dan sibrwd, 'Ac ylwch—y llofrudd!'

Y dyn efo'r radio. Er bod y llun fymryn yn aneglur, fo oedd o, heb os, a rifolfar yn ei law.

'Un o'r Seciwriti,' meddai Beto yn bendant.

'Ia, heb os,' ychwanegodd Diego.

'Felly,' dechreuodd Isa, 'y *Junta* laddodd y Llew Arian.' Syllodd ar y llun ac wrth graffu ar y llofrudd gwelodd fod tawelydd wedi'i osod ar flaen y gwn.

Daliai Andres yntau i lygadu'r llun o'i flaen. Tybed ai hwn oedd arweinydd y dynion Seciwriti a gipiodd ei dad? Roedd yna debygrwydd, doedd dim dwywaith amdani. 'Felly, mae'r *Junta*'n rhoi'r bai ar y Comiwnyddion . . . a hynny'n rhoi esgus iddyn nhw . . . ' Teimlai'n sâl wrth feddwl am y peth.

Gosododd Diego law dadol ar ysgwydd Andres. 'Dyna'u ffordd gyfrwys nhw o gael gwared o'u gelynion.'

'Meddyliwch be fasai'n digwydd i ni pe baen nhw'n cael gafael ar y lluniau 'ma,' meddai Isa.

Chwarddodd Diego'n syth a llaciodd fymryn ar y tyndra o'i gwmpas. 'Be wnaen nhw i'r ffŵl fasai'n ddigon gwirion i'w cyhoeddi nhw 'ta!'

Symudodd Diego at y llun nesaf. Roedd Don Chailey wedi llwyddo i ddal wyneb y llofrudd yn berffaith, yn ogystal â baril ei wn.

Tystiolaeth.

Roedd y camera wedi dilyn ei drywydd i'r pen eithaf. Daeth y lens mor agos ato yn un o'r lluniau fel y gellid gweld ôl craith wedi'i phwytho ar ei wddf.

'Tyrd â diod i mi Beto,' gofynnodd Diego. 'Mae 'mhen i'n drybowndian.' Tynnodd gorcyn potel Aguardente

46

oedd ar ei hanner a chymerodd gegaid ohoni. 'Meddyl-
iwch petai'r lluniau 'ma yn llwyddo i gyrraedd tudalen-
nau blaen y wasg ryngwladol!' Cynigiodd y botel i'r
gweddill. 'Ond dim ond ffŵl fasai'n mentro prosesu'r
stwff.'

Lluniau o'r fyddin oedd y rhai olaf yn ffilm Don Chailey:
pobl yn cael eu harestio yn y strydoedd; drysau'n cael eu
curo i lawr; llun o wraig yn cael ei tharo wrth iddi geisio
amddiffyn ei mab rhag y milwyr; ac yn olaf ond un, llun o
ŵr yn cuddio y tu ôl i gasgenni pren—a'r milwyr yn ei
ddarganfod a'i wasgu yno i farwolaeth.

Ac wrth gwrs, yn olaf un, llun yr ymosodiad ar Braulio.

'Oedd yr Americanwr 'ma'n gall, deudwch? Mae 'na
ffyrdd haws o ddod yn arwr. Ac i be, er mwyn popeth?'

'Er mwyn y gwir efallai,' meddai Isa. 'Am ei fod o'n dyst
i anghyfiawnder.'

Cymerodd Diego lymaid arall o'r botel. 'Ond cheith o
ddim diolch am ei wrhydri.' Disgynnodd ei wep a llan-
wodd llygaid Diego ag anobaith a chwerwder. 'A phwy
sy'n malio? Roedd y siopau i gyd ar agor, fel arfer,
heddiw, fel petai dim oll wedi digwydd.'

'Ond rydan ni'n malio,' meddai Andres. 'Ac maen
nhw'n malio,' ychwanegodd gan edrych ar yr efeilliaid.
'A chithau?'

'Faint ydi hynna? Pedwar ohonom ni allan o filiwn . . .
neu ddeg neu bymtheg efallai, yn cyfri ffrindiau.'

'Mi fasai miloedd o bobl Chile yn falch o'r hyn wnaeth
Don Chailey.'

'Ond faint ohonyn nhw fasai'n gefn iddo fo pan fyddai'i
angen fwyaf?' Syllodd Diego ar y tri gan wylio'u
hwynebau. 'Dydach chi fawr callach na'r Ianci 'na, mi
wela i o yn eich llygaid chi. Mi tasech chi'n fodlon mentro

47

popeth, hyd yn oed â'r Pendura o'ch blaen yn barod i'ch arteithio!'

Cipiodd y botel o law Beto ac yfodd y gwaddod. Yna cododd ei ben a difrifolodd. 'Iawn,' dechreuodd yn bwyllog, 'rydach chi eisiau helpu. Ond dalltwch un peth, fydd 'na ddim troi'n ôl.' Oedodd, ac edrychodd ar wynebau'r tri unwaith yn rhagor. 'Ydach chi i gyd yn gêm?'

'Na,' atebodd Andres. 'Dim ond y fi. Mae Isa a Beto wedi mentro mwy na digon ar fy rhan i'n barod.'

Torrodd Beto ar ei draws. 'Ond rydw i'n mynnu. Mae Isa a minnau wedi cyrraedd pen ein tennyn yn barod. Rydan ninnau wedi colli ein rhieni hefyd.'

Siaradai Diego yn bwyllog a gofalus. 'Iawn 'ta, os felly, mae'n rhaid i mi gael peiriant argraffu.'

'Mae gennym *ni* fan,' cynigiodd Isa'n syth.

'Gwych. Felly'r cwbl fydd angen i chi eich tri 'i wneud fydd mynd a dŵad i mi. Os mentra i un cam o'ma, mi fydd hi ar ben arna i.'

Eglurodd Diego fel y bu iddo dynnu'r peiriant argraffu lleiaf un yn ddarnau cyn gynted ag y clywodd am yr etholiad. Yna wedi lapio bob rhan yn ofalus aethai â nhw at ffrindiau a chydnabod—rhai oedd heb fod mewn unrhyw helynt blaenorol â'r heddlu na'r Seciwriti.

'Pobl y gallwn ni ymddiried ynddyn nhw. Pobl sy'n credu mewn gwlad rydd, ond cymeriadau mor ddisylw fel na ŵyr y CNI ddim am eu bodolaeth nhw.'

'Ydach chi am i ni nôl y darnau i'w tai nhw?' gofynnodd Beto.

'Ddim yn hollol,' atebodd Diego. 'Er, mae'r cynllun sy gen i dan sylw yr un mor beryglus.' Tagodd. 'I chi, hynny yw.' Rhoddodd Diego ar ddeall i'r tri na fyddai ddim dicach pe baen nhw'n anghydweld â'i gynllun ac yn penderfynu tynnu'n ôl. Gwenodd. 'Dim ond i chi fod yn ddigon digywilydd a chael ffawd o'ch plaid, mi fyddwch chi'n iawn. Y cwbl fydd arnoch chi ei angen fydd gwisg porthor!'

4

Mae chwe miliwn o bobl yn garcharorion yn y stadiwm yn Santiago erbyn hyn ac y mae'r lorïau'n dal i gyrraedd. Yr un yw tynged pob llwyth: eu tywys ar hyd coridor hir sy'n arwain at y prif eisteddle, ac wrth gerdded hyd-ddo, cânt eu pwnio a'u taro'n frwnt gan y milwyr efo'u reifflau. Dydi o'n ddim iddyn nhw gyrraedd y pen arall wedi torri braich neu benelin. Os digwydd i unrhyw un syrthio, caiff ei gicio a'i guro'n giaidd a hynny er iddo geisio'i orau glas i godi. Llusgir y rhai anffodus sy'n marw i'r baddonau nes daw milwyr eraill i'w llwytho ar gertiau a'u cludo oddi yno.

Y mae'r milwyr yn y stadiwm yn cael blas ar y creulondeb, ac y mae unrhyw symudiad amheus yn sbardun neu'n esgus i daro.

Does yr un carcharor wedi bod mor agos at farwolaeth o'r blaen, ac y mae'r sefyllfa'n profi'n drech nag ambell un. Daw cri sydyn gan garcharor sy'n sefyll yn rhan ucha'r stadiwm: 'Gwae'r llofruddion Ffasgaidd! Melltith ar bob un!'

Try pob llygad i'w gyfeiriad wrth iddo neidio i wagle a glanio ar y concrid caled islaw.

Er bod ei gorff yn llonydd, daw'r Berets Duon draw i'w sathru a'i guro, rhag ofn. Yna llusgir ei gorff at fynedfa'r twnnel lle mae'r Pennaeth yn barod â'i wn.

'Melltith, melltith ar Ffasgaeth,' gwaedda rhywun arall o ganol y dorf wrth glywed yr ergyd farwol.

'Pwy oedd hwnna?'

Distawrwydd.

Yna cwyd y gŵr ar ei draed.

'Y fi.'

'Tyrd yma!'

Cerdda'n dawel a dirodres at y Pennaeth.

Roedd hi'n hanner dydd ym Mhrif Orsaf Santiago pan gododd porthor ifanc o'r tu cefn i droli wag. Gwisgai wisg oedd lawer yn rhy fawr iddo a chap pig ar ei ben. Edrychodd o'i gwmpas a'i galon yn curo.

Roedd yr orsaf yr un mor brysur ag arfer, a phobl yn mynd a dŵad o bob cyfeiriad. Yr unig arwydd o ddigwyddiadau'r dyddiau diwethaf oedd y milwr unig a gerddai o'r swyddfa docynnau draw at y loceri lle cedwid y bagiau.

Ar y trydydd diwrnod yn dilyn ymweliad y tri â thŷ Diego, daeth y neges ganddo fod y cynllun ar droed: 'Dydd Gwener. Ganol dydd, yn ddi-ffael.'

Y tu mewn i'r orsaf, dewisodd Andres safle lle gallai weld sioe Isa y tu allan. Gwyliai'r dorf fach yn astud wrth i Isa symud Orlando'r Estrys yn gelfydd a chwarae'r organ geg yr un pryd. Roedd hi wedi gosod ei het banama werdd ar y pafin o'i blaen i'r bobl gael cyfrannu fel y dymunent.

Draw, heb fod ymhell, safai dau blismon mewn gwisgoedd gwyrdd yn siarad â'i gilydd ac yn gwylio Isa ac

Orlando'r un pryd. Symudodd un tuag ati, â'i lygaid yn amlwg ar Isa yn hytrach na'i sioe.

Brathodd Andres ei wefus: mae hi ar ben arnom ni os bydd hwn yn symud Isa a'i sioe. Roedd ganddo'i amheuon ynglŷn â chynllun Diego. Byddai un camgymeriad bach yn ddigon i wneud i'r cynllun fynd yn ffliwt. Ond doedd dim troi'n ôl bellach, dim a phawb wedi cydsynio. Aeth drwy'r cynllun fesul cam yn ei feddwl: roedd ffrindiau Diego wedi cael eu hysbysu; trefnwyd iddynt ddod â'r offer argraffu i'r orsaf a'u gadael yn y loceri ar y chwith. Yna wedi croesi'r platfform, ei hanelu hi am Isa a thaflu goriadau'r loceri—ac ychydig o arian—i'r het banama.

Tro Andres fyddai hi wedyn. Fo oedd i fod yn gyfrifol am gael gafael yn y goriadau ac agor y loceri, a hynny heb dynnu sylw ato fo'i hun. Yna roedd i lwytho'r offer argraffu ar un o'r trolïau, a'i wthio tuag at Beto a fyddai'n aros mewn fan y tu allan i'r orsaf. Yna unwaith y byddai Isa wedi ymuno â nhw, i ffwrdd â'r tri ohonynt!

Hawdd 'te!

A lloerig, meddyliai Andres.

Erbyn hyn deuai sŵn chwerthin mawr o gyfeiriad y dorf wrth i Orlando ymestyn ei wddf hir i fyny ac i lawr gyda nodau'r organ geg. Roedd gwên ar wynebau'r plismyn hyd yn oed.

Hoeliai Andres ei holl sylw ar y loceri. Yn sydyn, daeth gwraig tuag atynt. Heb edrych i'r chwith nac i'r dde, agorodd un o'r loceri'n dawel a gosododd ei bag siopa y tu mewn iddo. Yna i ffwrdd â hi i blith y dorf.

Daliai'r plismyn i wylio'r sioe wrth i Orlando wthio'i goes goch, denau i law plentyn yn y tu blaen. Ysgydwodd y goes a chwarddodd pawb. Arhosodd y wraig wrth ymyl

51

yr het am eiliad, yna croesodd o flaen y bobl a gollyngodd rywbeth i mewn iddi.

Dyn byr, canol oed gyrhaeddodd y loceri nesaf. Synhwyrai Andres ei nerfusrwydd wrth iddo sychu'r chwys oddi ar ei dalcen. Yna wrth iddo agor un o'r drysau, gwelodd filwr trwy gil ei lygaid. Tyrd yn dy flaen, ewyllysiodd Andres. Rho fo yn y locer! Roedd osgo rhedeg ar y gŵr, ond magodd blwc a tharodd y bag yn sydyn yn y locer cyn ei sgrialu hi am y sioe bypedau. Yna mentrodd i ganol y dorf fechan, a cherdded trwy'i chanol i gyfeiriad yr het. Cythrodd Orlando am sgidiau'r dyn a'u pigo wrth iddo daflu *pesos*—a rhywbeth arall—i mewn i'r banama werdd.

Dau wedi bod; a phump i ddod. 'Diolch a phob lwc!' meddai Isa gan dynnu'r organ geg oddi ar ei gwefusau am eiliad.

'Porthor! Chdi draw yn fan'cw!'

Dychrynodd Andres am ei fywyd. 'F . . . fi?'

'Ia, chdi—borthor!' Y milwr a siaradai. Roedd o newydd lygadu dwy ferch ifanc ddeniadol oedd wedi camu allan o dacsi gerllaw. Carient gas dillad yr un. 'Tyrd i roi help llaw i'r ddwy *señorita* hyfryd 'ma, mêt,' meddai, wedi bywiogi drwyddo.

'Fi . . . ond!'

'Tân arni—os nad wyt ti eisiau cic yn dy ben ôl.'

'Ond, rhaid i mi . . . edrych ar ôl fy nhroli, swyddog,' atebodd Andres yn gloff.

Roedd y swyddog wedi'i swyno ormod gan yr harddwch o'i flaen i wrando ar ei esgusodion tila. Llwythwyd y bagiau ar droli Andres gan droi at un o'r merched, 'Pa blatfform, pishyn?'

'Naw, rydw i'n meddwl.'

'Naw amdani, felly.'

Doedd gan Andres ddim dewis ond mynd. Allai o ddim gwrthod ac yntau mewn gwisg porthor. Aeth ar ei waethaf. Gresyn na fyddai Isa wedi'i weld, ond roedd hi â'i chefn ato.

Edrychodd draw am y loceri wrth fynd a sylwodd fod rhywun arall newydd gyrraedd. Roedd o mor brysur yn cadw golwg fel y bu bron iddo â tharo fferau'r prif borthor.

'Chdi ydi'r porthor newydd?' holodd hwnnw.

Neidiodd Andres. 'Ia, newydd ddechrau ydw i.'

'Tyrd i 'ngweld i gynted ag y byddi di wedi danfon y bagiau yma.'

'Ond . . .'

'Yn ddi-ffael!'

Nodiodd Andres a llyncodd ei boer. 'Be gebyst wyt ti'n wneud?'

'Sut?'

'Gad y troli 'na, wirionedd i, a gafael yn y bagiau 'ma!'

Platfform naw. Roedd yna bwysau dychrynllyd yn y bagiau. Be sy gennych chi yn y rhain, ferched. Gynnau? Gobeithio y deil fy nghefn i dan yr holl bwysau.

'Fan'ma, *Señor*,' galwodd un ohonynt. 'Rhan A, Seddau 18 ac 19, *por favor*!' Diolch byth, meddai Andres dan ei wynt. Roedd o'n dechrau meddwl eu bod nhw wedi cadw seddau ar ben yr injan!

Roedd yna wraig oedrannus eisoes yn y rhan hon o'r trên. Daliai'r *Mercury* o'i blaen a darllenai araith y Cadfridog Zuckerman ar y dudalen flaen.

'Esgusodwch fi, *Señora*,' meddai Andres wrth geisio codi un o'r bagiau ar y silff uwch ei phen. Methodd. Rhoddodd gynnig arni'r eildro, a'r tro hwn disgynnodd y bag i ganol y papur ac araith y Cadfridog. 'Mae'n wir ddrwg gen i . . .'

'Y ffŵl!'

'Mae'n ddrwg gen i—rydw i'n newydd.' Gyda'r trydydd cynnig, llwyddodd i godi'r bag trwm i'w le. Yna cododd y llall ato nes bod ei gynnwys yn jarian. Edrychodd ar y genethod gan wenu, 'Be goblyn sy gennych chi yn y rhain—sosbenni?'

'Anrhegion,' atebodd un ohonynt a gwthiodd arian i law Andres. '*Muchas gratias!*'

'*Di nada.*'

'Fachgen.' Daliai'r hen wraig bapur can *pesos* yn ei llaw. 'Ewch i nôl coffi i mi, os gwelwch yn dda.' A phwyntiodd draw at y platfform nesaf lle gwelai stondin diodydd, symudol.

'Ond, *Señora* . . .'

'Ewch . . . dim ond draw i fan'cw. Coffi du, efo llond llwy de wastad o siwgwr.'

Ond roedd Andres yr un mor benderfynol â hithau. 'Platfform wyth ydi hwnnw. Dim ond ar blatfform naw rydw i'n gweithio, a does 'na ddim caniatâd i groesi'r cledrau.'

'Os nad ewch chi, yna mi alwa i ar y gard.'

Cymerodd yr arian o'i llaw. Doedd dim amdani ond mynd yn ufudd a pheidio â dod yn ôl. Cyrhaeddodd ddrws y trên, edrychodd allan a thynnodd ei gap pig. Neidiodd yn ei ôl yn sydyn pan welodd y prif borthor yn brasgamu i fyny ac i lawr y platfform yng nghwmni plismon a swyddog o'r Berets Duon. Croesodd Andres y coridor i wynebu platfform wyth. Dyma'r unig ffordd allan—roedd hon yn wag. Gwthiodd y ffenestr ar agor a throdd handlen y drws. Roedd o wedi'i gloi!

Erbyn hyn roedd yr hen wraig wedi cerdded hanner ffordd i lawr y coridor wrth ei glywed yn bustachu. 'Be sy'n eich dal chi'n ôl?'

'Wedi cloi mae'r drws, *Señora*.'

'Dringwch trwy'r ffenestr, fachgen, a brysiwch, mae'r stondin ar fynd o'na.'

'Mae hynny'n groes i'r rheolau, *Señora*, ond os ydach chi'n mynnu . . .'

'Ydw, rydw i yn mynnu!'

Ac i ffwrdd â fo. Gwthiodd un goes trwy'r ffenestr, gwyrodd ei ben a neidiodd am ei fywyd.'Rarswyd! Roedd trên ar fin dod i mewn i blatfform wyth. Glaniodd ar y cledrau a chlywodd y trên yn arafu y tu cefn iddo. Pwy ar y ddaear fyddai eisiau bod yn borthor? Dringodd i fan diogel a gwyliodd y trên yn mynd heibio i'r union fan lle bu'n sefyll eiliadau ynghynt. Oedd hi eisiau llefrith a dim siwgwr ynteu siwgwr a dim llefrith? Ond welodd yr hen wraig mohono'n mynd heibio i'r stondin diodydd, gan fod y trên wedi dod rhyngddynt.

Llwyddodd i fynd heibio i'r swyddog tocynnau yn ddi-dramgwydd ac wrth lwc gwelodd droli wag yn union o'i flaen. Bachodd o'n sydyn—roedd amser yn brin—ac anelodd am y loceri. Oedd, roedd Isa'n dal wrthi efo'i sioe, bendith arni. Aeth draw ati.

Roedd Silvestro wedi cymryd lle Orlando; hen sgerbwd heglog oedd hwnnw a'i benglog yn neidio i fyny bob hyn a hyn gan wichian chwerthin.

'Eisiau newid, *Señor*?' gofynnodd Isa wrth weld y papur can *pesos* yn llaw Andres. Nodiodd a chamodd at yr het banama. Yna gydag un symudiad slic, i ffwrdd â fo â'r goriadau yn ei law. '*Muchas gratias*.'

'Can croeso.'

Unwaith y gwelodd Isa fod Andres wedi cyrraedd y loceri, rhoddodd derfyn ar y sioe. Dangosodd y dorf eu cymeradwyaeth a hedfanodd y *pesos* i'r het. Yna gwagiodd Isa'r arian, cadwodd y pypedau a throdd tuag at y rhes o dacsis a arhosai wrth y pafin.

Roedd Andres wedi llwyddo i agor y locer cyntaf. Cododd y parsel a'i osod ar y troli. Doedd yr ail locer ddim mor hawdd i'w agor; methai'n lân â chael y goriad i droi. Ffŵl, Andres. Roedd yr hen wraig ar y trên yn llygad ei lle. Doedd dim syndod nad oedd yn agor a'r goriad â'i ben i lawr! Wedi llwyddo i'w agor, gwelodd barsel mawr yn ei wynebu a'r label GYDA GOFAL wedi'i lynu wrth ei ochr. Yna tynnodd fag canfas ysgafn o'r locer nesaf a'i lond o bethau—roedd cyn drymed â bagiau'r ddwy eneth.

'Dal yn brysur?' Llais y milwr.

'Ydw.' Beth wnâi—aros a siarad ynteu canlyn ymlaen? Penderfynodd na allai wastraffu dim amser, dim hyd yn oed dan lygaid busneslyd y milwr. Agorodd y locer nesaf a gwelodd barsel bychan a siâp od arno.

'Rhy hir, ia?'

'Rhy hir?' gofynnodd Andres.

'Wedi mynd dros eu hamser.'

'Y . . . ia, dyna chi.'

'Be sy'n digwydd os na ddaw neb i'w nôl nhw?'

Y pumed locer nesaf. Agorodd Andres y drws a chanfod parsel bychan, bach. 'Fy ngwaith i ydi . . .'

'Oes 'na rywun yn sbio be sy tu mewn i'r pethau 'ma?' holodd y milwr wedyn.

'O, oes.' Teimlai Andres y chwys yn codi trwy'i gorff. Sychodd ei wddf gan led-droi. Yli, meddyliodd wrtho'i

56

hun, mae rheitiach pethau i ti eu gwneud na sgwrsio â chyw porthor.

Rhoddodd Andres ochenaid o ryddhad: roedd fan ddu y Seciwriti newydd gyrraedd yr orsaf. 'Rhaid i mi fynd, damia.' Doedd y milwr yn hitio fawr yn y Seciwriti, fwy nag yr oedd yntau.

Agorwyd drysau cefn y fan a chamodd tri heddwas yn eu dillad eu hunain allan. Roedd swyddog y Berets Duon yn dod i'w cyfarfod trwy giât platfform naw, a dau heddwas yn ei ddilyn gyda'r ddwy ferch y bu Andres yn eu helpu funudau ynghynt.

Roedd gefynnau am eu dwylo.

'Dyna chdi wastraff!' meddai'r milwr dan ei wynt. 'Fydd 'na ddim minlliw na sodlau uchel lle mae'r rheina'n mynd.'

Brysiodd Andres ymlaen i agor locer rhif saith. Cododd y parsel a'i osod ar y troli, ond ar yr un pryd gwelai'r prif borthor yn syllu arno.

Wedi llwytho'r genethod fel anifeiliaid i gefn y fan, gwaeddodd y prif borthor arno. 'Borthor!' Ond daeth cyhoeddiad ar draws ei lef yn dweud bod y trên ar blatfform naw ar fin gadael. Mi fyddai'r sawl a ddisgwyliai am y genethod y pen arall yn Valdivia yn disgwyl am amser hir, hir.

'Maen nhw d'eisiau di,' meddai'r milwr. 'Glywaist ti'r prif borthor yn galw amdanat ti?'

Edrychodd Andres o'i gwmpas yn wyllt. Hyd y gwelai, doedd ond un ffordd allan, un ffordd i ryddid, a hynny i wyneb yr haul ac am y tacsis. Deuai rhes hir o deithwyr o'r cyfeiriad arall, o gyfeiriad platfform deg, a safai'r prif borthor heb fod ymhell oddi wrthynt.

Rŵan, neu ddim o gwbl!

Disgwyliodd Andres i deulu ddod rhyngddo ef a'r milwr ac yna dechreuodd symud. Gwthiodd y troli, hynny âi, i wyneb yr haul.

Ar yr un pryd, clywai'r gweiddi ar draws y cyhoeddiadau. Daeth rhagor o bobl rhyngddo ef a'r prif borthor, ond nid arhosodd Andres hyd yn oed i gael un cip ar yr hyn a ddigwyddai y tu cefn iddo. Daliai i wthio'r troli fel petai mewn ras bramiau a gwobr o drip i Disneyland i'r enillydd. Roedd Andres erbyn hyn wedi cyrraedd y pafin y tu allan i'r orsaf ac yn fflio mynd heibio i'r tacsis. Anelai am y gornel lle'r oedd Beto i fod i'w gyfarfod.

Tyrd, Beto—plîs, tyrd!

Ond roedd fan Beto wedi cael ei dal gan y goleuadau traffig; disgwyliai am y golau gwyrdd i gael troi am yr orsaf. Roedd Isa eisoes yn y fan. Yna newidiodd y golau ac anelodd Beto am y gornel gan obeithio y byddai Andres yno.

Draw ger mynedfa'r orsaf, safai'r prif borthor yn methu'n lân â deall lle'r oedd y porthor ifanc wedi mynd gydag eiddo'r orsaf. Edrychodd i'r dde ac yna i'r chwith, ond doedd dim golwg ohono. Trodd i'r dde. Stopiodd. Cerddodd i'r chwith a golwg flin drybeilig arno.

Roedd Beto wedi gweld Andres!

Tyrd, Beto—tyrd!

Symudai'r prif borthor i'r chwith yn awr, heibio i'r tacsis. Arhosodd a syllodd ar y drafnidiaeth a groesai'r groesfan ar y sgwâr.

Swatiai Isa yn nhu ôl y fan yn barod i agor y drysau i Andres. Wrth glywed Beto'n brecio'n galed, taflodd y drysau ar agor a neidiodd allan i helpu Andres. 'Da iawn chdi'r hen gyfaill!' gwaeddodd Beto.

'Rydw i'n meddwl 'mod i'n cael fy nilyn!'

58

Ond nid oedd y prif borthor wedi ei weld. Safai a'i ddwylo ymhleth a golwg ddryslyd ar ei wyneb. Dim troli yn unman. Dim porthor i'w weld. Ond doedd o ddim am roi'r gorau iddi mor hawdd â hynny. Cerddodd yn ei flaen am y gornel!

'Dyna ni'r cwbl.' Neidiodd Isa ac Andres i mewn i'r fan gan gau'r drysau ar eu holau. 'Cer!'

Yna, gwthiodd Beto ei droed ar y sbardun a saethodd y fan ymlaen. Yn sydyn, gwelodd y prif borthor y droli wag o'i flaen.

'Wel, tawn i marw . . .' Ond roedd yr haul yn sgleinio gormod iddo weld fawr pellach.

'Dacw fo!' gwaeddodd Andres wrth i'r prif borthor ddod i'r golwg, gan ei luchio'i hun ar lawr y fan.

'Welodd o ni?'

Daliai Andres ei gorff yn llonydd, llonydd. 'Dydw i ddim yn meddwl y gallwn i fynd trwy hynna eto,' oedd ei unig ateb. 'Mi fasai'n ddigon amdana i.'

Roedd Beto mor falch o'u llwyddiant nes canai ar dop ei lais wrth yrru trwy'r Almeda. Un o ganeuon Juan Larreta oedd hi:

> 'Yn y tir sych hwn
> Mae 'nghorff yn perthyn
> Fy mhen yn y tywod
> Fy nhraed yn eira'r de
> Fy llygaid yn y cestyll
> Dan yr awyr a'i waed coch.'

Gwenai Andres wrth glywed y geiriau. Byddai wedi ymuno pe na bai'n stryffaglio i dynnu'r wisg borthor oddi amdano. Teimlai ei ddillad ei hun mor braf ar ôl yr iwni-fform anghyfarwydd.

Roedd Isa'n syllu'n ddyfal yn nrych ochr y fan. 'Peid-iwch â chlochdar yn rhy fuan. Rydw i bron yn siŵr ein bod ni'n cael ein dilyn.'

'O, na!'

'Gan yr hen fan 'na.'

Roedden nhw'n anelu am y dwyrain, ac roedd y San Cristóbal ar y chwith.

'Mi droa i, i mi gael gweld a ydyn nhw'n ein dilyn ni.'

Daliai Andres ei ben yn isel a theimlai'r ofn yn ailgydio ynddo. Roedd y cynllun wedi mynd mor wych, hyd yma—yn rhy wych, efallai. Ond doedd o ddim am ddangos ei bryderon i'r ddau arall. Ceisiodd feddwl a chynllunio ymlaen.

Trodd y fan yn ofalus i stryd brysur ar y dde. 'O na, maen nhw tu ôl i mi. Be wnawn ni, Isa?'

'Cer yn dy flaen, ond paid â gyrru am bris yn y byd. Dydyn nhw ddim yn edrych fel petaen nhw ar frys garw. Paid â chynhyrfu.'

'Peidio cynhyrfu!'

'Tro i'r chwith.'

'Ydyn nhw'n dal efo ni?' holodd Andres.

'Ar fy nhin i! O, na, rydan ni mewn tagfa!'

'Faint ohonyn nhw sy 'na?'

'Dau.'

'Ylwch,' meddai Isa, 'un ai maen nhw wedi'n gweld ni'n llwytho'r parseli yn yr orsaf ac yn bwriadu ein dilyn ni adra, neu . . .'

'Neu?'

'Neu maen nhw'n ein dilyn ni am nad oes ganddyn nhw ddim byd gwell i'w wneud.'

Roedd Beto'n chwys diferol; edrychai gymaint yn y drych ochr fel na chanolbwyntiai ar y ceir o'i flaen. Cael a chael wnaeth i frecio mewn pryd. 'Allwn ni ddim symud!'

'Mae gen i un cynllun,' meddai Andres, 'fasai'n achub yr offer argraffu.'

'Ein bywydau ni sy eisiau i ti'u hachub!' ebychodd Beto.

Dechreuodd Andres yn bwyllog, 'Mi wn i am ffordd i'w colli nhw, dros dro beth bynnag.' Roedd llais tawel, di-gynnwrf Andres yn gysur i Beto.

'Iawn, gyfaill. Unrhyw beth wyt ti'n 'i ddweud.'

Rhoddodd Andres gyfarwyddiadau i Beto droi am y de a'r gorllewin. 'Yna mi weli di bod yna allt am i lawr a choed pîn yn dy wynebu di.'

Gwrandawai Beto'n ofalus ar y cynllun. 'Felly wedi i mi gyrraedd y coed pîn, mi alla i roi 'nhroed ar y sbardun i greu tipyn o bellter rhyngom ni. A phan maen nhw o'r golwg, mi allwn ni arafu i dy ollwng di a'r sachau, ac yna mi awn ni yn ein blaenau fel o'r blaen.'

'Dyna chdi. Wedyn mi gewch chi roi sioe fel arfer.'

'A dod yn ôl i dy godi di yn nes ymlaen,' ychwanegodd Isa.

'Na, mi guddia i'r sachau ac mi ddo i'n ôl fy hun ryw ffordd neu'i gilydd.'

'Ond mae 'na goblyn o ffordd i ti gerdded yn ôl.'

'Mi fydda i'n ofalus.'

Roedd Isa wedi cael gwell syniad. 'Rydw i newydd gofio am loches, lai nag awr o waith cerdded o'r coed.' Disgrif-iodd y ffordd i Athrofa'r Fair Fendigaid. 'Dim ond i ti ofyn am y Tad Mariano, a chrybwyll ein henwau ni.'

Gwenodd Andres. 'Gwely a brecwast mewn lle felly.'

Daliai'r fan Seciwriti i'w dilyn o bell a phrinhâi'r ceir

wrth iddynt anelu am gyrion y dre. Camodd Isa i gefn y fan at Andres i'w helpu i roi'r offer mewn dwy sach gref.

'Dydan ni ddim yn bell o'r troadau, Beto,' rhybuddiodd Andres. 'Mi weli di fod yna droad i'r dde i mewn i'r coed ymhen kilometr neu ddau. Wedyn, mae'r lôn yn mynd ar i lawr ac yn troi eto.'

Gwthiodd Beto ei droed yn araf ar y sbardun a symudodd ymhellach o olwg y fan. Ond daliai i aros o fewn eu golwg, rhag iddynt amau dim.

Yna gwelodd Beto'r coed y soniodd Andres amdanynt. 'Rŵan!' gorchmynnodd Beto'i hun. Pwysodd ei droed i lawr hynny âi.

'Pryd, Andres?' gofynnodd Beto.

'Y troad nesaf.'

'Y troad nesaf amdani, ffrindiau!' gwaeddodd Beto yn gynnwrf i gyd. Daliai Andres ei hun yn dynn yn ochr y fan yn barod i neidio allan. Doedd y perygl o'i flaen yn ddim o'i gymharu â'r gofid yn ei feddwl na welai fyth eto yr un o'r ddau efaill.

'Dim golwg o'r fan. Wyt ti'n barod, gyfaill?'

Sglefriodd y fan i bob man wrth i Beto roi ei droed ar y brêc. Yna glaniodd ar damaid o dir caled yn union wrth y coed ar ymyl y lôn. 'Allan â chdi!'

Gwthiodd Andres y drysau ar agor a neidiodd allan, gydag Isa'n ei ddilyn. Llusgodd y ddau y sachau i ganol y coed, allan o olwg y lôn.

Rhoddodd gusan iddo. 'Bydd yn ofalus, *caro*!' Yna gwyliodd Andres hi'n codi llaw wrth redeg o gysgodion y coed allan i'r heulwen ar y ffordd. Neidiodd yn ôl i mewn i'r fan a thynnodd y drysau ar ei hôl. Roedden nhw wedi mynd.

Rhoddodd Andres ei law ar ei foch lle cusanodd hi ef.

'Rwyt ti'n werth y byd, Isa.' Yna trodd a cherdded trwy gysgodion y coed gan lusgo'r sachau fesul un. Stopiodd. Gallai glywed y fan Seciwriti'n dod. Doedd hi ddim fel petai hi ar frys, diolch byth. Cuddiodd y tu ôl i goeden a gwyliodd y fan yn mynd heibio. Throdd yr un o'r ddau ynddi eu pennau i gyfeiriad y coed.

Am ddau dditectif! Pe baen nhw wedi edrych, mi fydden nhw wedi gweld ôl teiars yn sglefrio ar y lôn, ond edrychodd yr un o'r ddau fawr pellach na'i drwyn.

Dim ond pum rhes o goed pîn a welai Andres o'i amgylch, prin ddigon i allu cuddio'n braf ynddynt. Symudodd yn ei flaen yn ei gwrcwd rhwng y boncyffion, ac yna'n sydyn camodd i mewn i dwll. Gollyngodd ei afael yn reddfol yn y ddwy sach wrth iddo geisio cydio yn unrhyw beth o fewn cyrraedd, ond doedd yna ddim ond waliau tywodfaen bob ochr iddo. Syrthiodd yn bendramwnwgl i lawr ac i lawr nes gorweddai'n ddiymadferth ac anymwybodol yng nghanol gwreiddiau'r coed a sgri o siâl coch.

'Does 'na fawr o betrol ar ôl,' meddai Beto wrth i'r fan agosáu at Puente Alto.

'Mae 'na ysgol ar y chwith i fyny'r allt ac mi fydd y plant allan o fewn pum munud.'

Ochneidiodd Beto. 'Tybed ydi'r CNI yn hoffi pypedau?' Trodd i'r chwith ac arafodd yr un pryd. 'Isa, os gwnân nhw ein harestio ni . . .'

'Paid â sôn dim am Andres, iawn?'

'Mi dria i gofio hynna wrth iddyn nhw osod yr electrodau arna i.'

'A phaid byth â'u credu nhw os dywedan nhw 'mod i wedi cyffesu rhywbeth. Hen dric budr.'

Roedden nhw wedi cyrraedd giatiau Ysgol San Bernado. 'Paid â sôn dim mwy wir, mi rydw i'n mynd yn boeth ac yn oer bob yn ail wrth feddwl am y peth.'

Nid fan yr efeilliaid oedd yr unig un i aros wrth ymyl yr ysgol; gwelai Beto'r fan Seciwriti'n troi i mewn i lôn dawel San Bernado. Ond tarfwyd ar y tawelwch wrth i gloch yr ysgol ganu.

Gwenodd Isa. 'Maen nhw wedi stopio y tu ôl i ni. Diolch byth am y gloch.'

'Ia,' meddai Beto.

Neidiodd y ddau i gefn y fan i estyn y pypedau a dechreuodd Silvestro'r Sgerbwd ddawnsio'n wyllt ar y pafin i groesawu'r plant wrth iddynt redeg ar wib ar draws buarth yr ysgol.

'Croeso i *Marionetas de los Gemelos*, gyfeillion!' gwaeddodd eto. 'Pypedau gorau De America. Maen nhw'n enwog drwy'r byd a thu hwnt!'

Pe bai'r Seciwriti wedi bwriadu eu harestio, mi fyddai hynny wedi bod yn amhosibl yn awr â'r holl ysgol o'u cwmpas yn curo dwylo a chydganu.

Roedd y ddau yn y fan Seciwriti i'w gweld yn cael blas ar y canu hefyd. Eisteddai'r gyrrwr y tu ôl i'r llyw a symudai ei fysedd i guriad y gerddoriaeth. Roedd ei bartner hefyd yn symud ei ben ac yn mwynhau'r gân. Pe baen nhw ond yn gwybod mai un o ganeuon Juan Larreta a ganai Isa . . .

Pan ddeffrôdd Andres, roedd yn brifo drosto i gyd. Agorodd ei lygaid a gwelodd ei fod yn gorwedd fel lleden ar y ddaear â'i draed i fyny. Nid dyma'r tro cyntaf iddo syrthio. Cofiodd am y cwymp a gafodd o ben y goeden ferwydden wrth geisio achub Don Quixote, mwnci ei ffrind Costas. Bryd hynny, mi brofodd am y tro cyntaf mor boenus oedd torri un o esgyrn ei gorff. Ond er cymaint ei boen, doedd hyn ddim cynddrwg â'r adeg honno. Poen gwahanol oedd hwn, lle'r oedd y creigiau wedi treiddio i mewn i'w gnawd a'i gleisio. Doedd y cleisiau du-las ddim yn annhebyg i'r rheini a gafodd o gan y ddau gefnwr ar y cae pêl-droed yn y treial i dîm ieuenctid Chago.

Yr hyn oedd yn bwysig oedd ei fod yn fyw ac yn weddol ddianaf. Edrychodd i fyny at yr ymyl lle disgynnodd i lawr fel plwm. Daeth saeth sydyn o boen iddo wrth ei godi ei hun ar ei eistedd. Ers faint y bu o yma, tybed? Doedd ganddo ddim clem. Gwelodd ei bod yn dechrau nosi: byddai'n rhaid iddo symud cyn bo hir.

O leiaf yr oedd wedi dod o hyd i guddfan werth chweil. Byddai'n rhaid iddo gofio amdani yn y dyfodol. Edrych-odd o'i gwmpas am y sachau. Oedden, roedden nhw'n ddiogel ar ymyl y dibyn uwch ei ben. Ond lle allai o eu cuddio nhw? Tarodd ei lygad ar damaid o graig a edrychai fel pont fechan yn cuddio o dan hen foncyff un o'r coed. I'r dim, meddyliodd. Mae'n rhaid bod rhyw anifail wedi bod yma yn gwneud cartref iddo'i hun ryw dro. Roedd yna ddigon o le i'r ddwy sach yma—a byddent yn ddiogel nes deuai i'w nôl.

Cododd ar ei draed gan sgubo'r llwch oddi ar ei ddillad. Dechreuodd gerdded—pum cam araf ymlaen, a phum cam araf yn ôl. Roedd yn boenus, ond heb fod yn annioddefol.

Ond sut oedd mynd oddi yma? Doedd dim posibl dringo'r ochr serth lle disgynnodd o, a doedd yr ochr arall fawr gwell. Edrychodd y tu ôl iddo a gwelodd ar unwaith mai hon oedd y ffordd i fynd allan o'i guddfangarchar. Dringodd y ffordd hawsaf i ben y wal gerrig ac aeth i nôl y sachau.

Byddai'n rhaid iddo gofio'i guddfan newydd.

Cerddodd trwy'r coed am y lôn. Hawdd—roedd yna arwydd yn rhybuddio gyrwyr o dro peryglus yn y lôn. Mesurodd y pellter â'i lygaid. Tri deg cam.

Dychwelodd at y guddfan ac aeth ati i guddio'r sachau'n ofalus. Yna, rhoddodd siâl ar eu pennau a chamodd yn ôl i edmygu'i waith.

Ond pylodd ei lygaid yn syth wrth feddwl am ei dad. Ai er eich mwyn chi yr ydw i'n gwneud hyn, Dad, ac er mwyn pawb arall . . . ? Ynteu rhag i mi orfod meddwl amdanoch chi drwy'r amser?

Yr oedd ar fin camu i ben wal gerrig pan glywodd sŵn sguthanod yn codi'n sydyn o'r coed pîn.

Mae 'na rywbeth neu rywun yn dŵad.

Clywodd Andres sŵn faniau. Roedden nhw'n troi oddi ar y lôn am y coed. Gorweddodd yn llonydd. Ac yntau'n meddwl ei fod yng nghanol nunlle, ymhell o bob man. Yna gwelodd faniau'n symud yn araf mewn hanner cylch. Oedd, roedd yna olion i'w gweld yn glir, ond doedd o ddim wedi sylwi arnyn nhw tan rŵan. Wrth syllu'n fanylach, sylweddolodd Andres mai faniau'r fyddin oedden nhw—beth oedden nhw'n ei wneud yn y fan hyn?

Penderfynodd ar unwaith y byddai'n rhaid iddo symud o'i guddfan, rhag ofn iddo gael ei ddal. Doedd o ddim am fentro colli'r offer argraffu ar ôl yr holl ymdrech. Felly, croesodd mor dawel ag y gallai trwy'r coed trwchus a dilyn y faniau hyd at y terfyn. Yna, yn sydyn, daeth popeth yn glir i Andres. O'i flaen, gwelai dwll chwarel â'i lond o ddŵr.

Y funud nesaf gwelodd y ddwy fan yn arafu a'u drysau'n

agor i ollwng y carcharorion. Gorfodwyd hwy wedyn i sefyll yn rhes gydag ymyl y dŵr.

Gwyliai Andres gan ddisgwyl gweld y carcharorion yn dechrau gweithio—palu'r siâl neu hollti'r graig, fel y gwelsai mewn ffilmiau. Ond rhywbeth tra gwahanol a welodd, nid ffilm mo hon.

Gorfodwyd y carcharorion i sefyll gan wynebu'r dŵr. Na!

Roedd y cwbl drosodd mewn eiliadau: tri milwr yn saethu efo gynnau. Hedfanodd yr adar mewn dychryn i entrychion yr awyr.

Roedd y carcharorion yn farw. A'r chwarel yn dawel.

5

Saethodd ias oer i fyny'i gefn a chlywodd sŵn yr ergydion yn atseinio yn ei ben. Edrychodd Andres yn syth o'i flaen ar y meirw a theimlodd ei goesau yn ymollwng oddi tano. Gwelai ambell gorff yn llithro'n araf bach i'r dŵr islaw, a rhai eraill yn neidio fel petai'r ddaear yn ffrwydro oddi tanynt.

Doedd gweld marwolaeth ddim yn rhywbeth dieithr i Andres; wedi'r cyfan doedd hi ddim ond fel ddoe pan welsai gorff marw ei fam.

Ceisiai gau ei lygaid, ond allai o ddim rywsut, ddim â'r olygfa hon o'i flaen.

Yna, gwelodd un o'r swyddogion yn cerdded oddi amgylch y cyrff i wneud yn siŵr nad oedd unrhyw symudiad. Ac os oedd: ergyd!

67

Tri deg o ddynion: tri deg corff wedi mynd i ebargof-
iant, heb ddim oll bellach i gofnodi eu bodolaeth. Tri deg
arall i ymuno â rhestr y rhai Wedi Diflannu. Tri deg
yn y dŵr.

Pobl Anhysbys.

Gwyliodd Andres y milwyr yn dringo i mewn i'r faniau
fel petai dim oll wedi digwydd. Yna cychwynnodd y
faniau ar eu taith yn ôl. Swatiai Andres yn beryglus o agos
i'r ffordd, gyda dim ond cangen neu ddwy yn ei guddio.
Ond ni wnaeth yr un ymdrech i symud. Teimlai fel talp o
rew, fel petai pob defnyn o waed wedi cilio o'i gorff.
Heibio â nhw; roedd mor agos nes y gwelai eu hwyneb-
au'n glir, pob gwep mor ddifynegiant a dideimlad â'i
gilydd a sigarét yng ngheg pob un.

Symudodd Andres yr un cam, dim hyd yn oed pan aeth
y faniau o'r golwg. Ond roedd ei feddwl yn mynd ar
garlam. Mor anodd oedd amgyffred a dirnad yr hyn a
ddigwyddodd yma, a chofio'r un pryd am y bywyd a'r
miri ar y *boulevards* yn Santiago lle'r oedd pobl yn yfed eu
martinis wrth fyrddau'r *cafés* ar y pafin. Sut oedd derbyn
y fath farwolaeth? Chafodd y carcharorion ddim hyd yn
oed gyfle i weddïo neu gynnig sigarét yn gysur. Roedd y
tywyllwch yma ymysg y coed mor bell i ffwrdd oddi wrth
fywyd 'normal' y dref.

Codwch eich gwydrau i'r *Junta*.

Achubwyr y deyrnas.

Y Cadfridog Zuckerman yw ein Duw ni.

Addolwch ef.

Daeth awydd sydyn ar Andres i redeg a chefnu ar y cyrff
meirw. Beth allai o ei wneud i'w helpu? Dim. Ond ni
wnaeth yr un osgo i symud. Chwythodd awel fain heibio

i'w wyneb gan dynnu'r dagrau a lechai yng nghornel ei lygaid i lawr ei ruddiau.

Rhed, fy machgen i, meddai'r awel. A phaid ag yngan gair am yr hyn yr wyt ti newydd ei weld. Dydi'r gwŷr yma ddim yn cyfri bellach: doedden nhw ddim yn bodoli yn y lle cyntaf.

Cododd Andres ei lais: '*Adios*, fachgen bach!'

Dwyt ti erioed am fentro i lawr?

Nid bachgen ydw i, ond dyn.

Wyt ti am fentro?

Mae'n rhaid i mi.

Rwyt ti'n ffŵl.

Rydw i'n dyst. Ac mae gen i dad. Mae'n rhaid i mi fynd.

Yn hytrach na dilyn y ffordd droellog am y twll, cerddodd Andres yn ei flaen trwy'r brwyn. Oedodd o ddim am eiliad i feddwl tybed a oedd un o'r milwyr wedi aros ar ôl. Roedd ei benderfyniad yn drech nag unrhyw berygl neu ofn.

Arafodd wrth ganfod ei fod yn nesáu at y cyrff. Tyrd. Stopiodd. Tyrd! Does 'na ddim i'w ofni—wnân nhw mo dy gyffwrdd di!

Mi gyfra i'r cyrff ac os gwela i eu henwau, yna mi gofnoda i nhw . . . Cer yn nes! Gafael ynddyn nhw.

Na!

Sut arall wyt ti am weld eu hwynebau nhw 'ta?

Camodd i'r dŵr a theimlai'r oerni yn gwasgu am ei fferau.

Agor dy lygaid. Tyrd!

Arnofiai'r corff cyntaf ar wyneb y dŵr. Roedd yr ergyd wedi ei gario ddau fetr o'r lan. Plygodd Andres i lawr a chydiodd yn ei ysgwydd. Gollyngodd ei afael!

Tyrd—mi alli di!

Cydiodd eto yn y corff a'i droi nes bod y dŵr yn disgyn oddi ar ei wyneb.

Nid Juan oedd o.

Chwilia'r corff. Datododd Andres fotymau'r siaced gotwm fer a theimlodd y tu mewn i'r boced. Dim byd. Yna gafaelodd yn llaw'r gŵr marw. Un fodrwy a dim arall.

Tynna hi.

Dwyn fyddai hynny.

Ond dyna'r unig ffordd i'w adnabod: dyma nhw, llythrennau cyntaf ei enw.

Tynnodd ynddi, a chan ildio'n dawel, rhyddhaodd y corff y fodrwy.

Yna, arhosodd a gofynnodd iddo'i hun yn flin—i beth gebyst wyt ti'n gwneud hyn? Y cyfan sy'n bwysig i ti yw darganfod dy dad. Felly, gad i'r meirw fod.

Melltithiodd ei hun, ond ar yr un pryd, camodd o gorff i gorff fel petai pob un yn golygu rhywbeth iddo, neu wedi bod yn gyfaill iddo.

Trodd y pennau yn eu tro, a throdd yr wynebau nes bod y dŵr yn llifo o'u gwalltiau a'u llygaid caeedig. Disgynnai'r breichiau a'r coesau'n llipa.

Llond pwll o bypedau!

Dychrynai Andres wrth ganfod rhai llygaid yn agored â'u braw yn serennu arno. Caeodd yr amrannau'n ddistŵr. Deg, pymtheg corff—a dim golwg o Juan. Yna wrth droi yr unfed corff ar bymtheg, camodd Andres yn ôl mewn dychryn.

'Don Chailey!' Doedd dim dwywaith amdani. Syllodd ar y gwallt golau ac ôl y curo gorffwyll; roedd ei lygaid yn chwyddedig a'i drwyn wedi'i dorri. 'Don! Y diawliaid . . . y diawliaid!'

Llusgodd yr Americanwr i'r lan a theimlodd y tu mewn i boced waled frown Don.

Dim byd.

Trodd y corff ar ei gefn a gwelodd y gwaed ar hyd ei ddwylo. Roedd ei waled wedi diflannu a'i bocedi'n wag. Yna teimlodd bocedi ei drowsus—dyna lwc! Roedd y diawliaid Berets Duon felltith mor awyddus i gael gwared ohonot ti, fel yr anghofion nhw chwilio dy bocedi di i gyd.

Darganfu gerdyn gwasg Don Chailey. Arno roedd ei lun yn profi ei fod yn ffotograffydd cydnabyddedig i'r *Baltimore Express & Times*. A thu ôl i'r cerdyn swatiai llun o'i deulu—ei wraig a'i ddwy ferch fach.

Yna gwelodd ei lyfr nodiadau, ac er ei fod yn wlyb domen, cydiodd yn ofalus ynddo a cheisio'i agor. Trwy lwc roedd modd darllen un dudalen yn glir: Dydd Sadwrn, oddeutu 7.30 p.m. llofruddiwyd y Llew Arian gan aelod o'r Seciwriti. Arestiwyd cefnogwyr Miguel trwy dwyll a thrais. Dilyn y llofrudd. Peugeot du. Santiago—hen dŷ trefedigaethol. Pileri ar ei du blaen. Prif ganolfan y CNI? Pobl yn ei alw wrth yr enw Tŷ'r Hwyl.

Yna darllenodd Andres sgrifen fân oedd wedi'i sgriblo ar frys: Rhaid i America roi terfyn ar y cymorth ariannol. Gormeswr yw Zuckerman. Nid ar y Comiwnyddion y mae'r bai . . .

Tynnodd Andres y dudalen yn ofalus a'i gosod gyda cherdyn ei wasg a'r llun yn y waled blastig. Yna tynnodd ei fodrwy briodas oddi ar ei fys. O leiaf, chest ti mo d'arteithio, Don.

Syllodd Andres ar y meirw. Doedd Juan ddim yma beth bynnag a theimlai Andres ryw fath o ryddhad oherwydd hynny. Cofiodd eiriau Diego'r argraffydd: 'Os na wnawn

71

ni ymladd yn ôl, Tŷ'r Hwyl fydd ein diwedd ni, pob un ohonom ni.'

Mor wir oedd geiriau Diego, meddyliodd Andres.

Cyfrodd y cyrff. Roedd yna ddau ddeg wyth ohonynt. Gwyddai enwau dau ar bymtheg. Beth ddywedai eu teuluoedd pan dorrai'r newydd iddynt? Châi o fawr o groeso, roedd hynny'n siŵr; ond fe wyddai o brofiad fod aros a gobeithio am newydd bob dydd yn waeth na chael gwybod y gwir, waeth faint roedd hwnnw'n brifo.

Gwybod dim—dyna'r poen meddwl mwyaf. Rhaid i mi roi gwybod am eu marwolaeth. Maen nhw'n dibynnu arna i.

Syllodd Beto mewn syndod. 'Maen nhw'n bagio ac yn mynd o'ma!'

Roedd y fan Seciwriti wedi parcio ar ochr y lôn y tu allan i'r ysgol, ac wedi aros yno drwy gydol sioe *Marionetas de los Gemelos*. Roedden nhw a'r plant wedi cael gwledd wrth i'r efeilliaid dynnu eu hoff bypedau o gefn y fan—Silvestro y Sgerbwd, Orlando'r Estrys, lama mawr gwlanog a hen sipsi meddw a ganai'r ffidil.

Roedden nhw ar fin ailgychwyn eu sioe pan glywson nhw'r fan yn cychwyn. 'Wela i,' meddai Beto gan geisio cuddio'r rhyddhad mawr a deimlai, 'dydan ni ddim digon da iddyn nhw rŵan!'

Diolchodd pawb i'r efeilliaid a chrefodd y plant arnyn nhw i ddod bob dydd ar ôl i'r ysgol gau.

Cyfrodd Isa'r *pesos* yn yr het werdd, rhai wedi eu taflu yno gan y plant ac eraill gan bobl oedd yn digwydd mynd heibio. 'Digon i dalu am y petrol.'

Dal i syllu i lawr y stryd yr oedd Beto. 'Dydw i ddim yn credu i mi erioed fod â chymaint o ofn wrth eu gweld nhw'n aros amdanom ni. Methu deall rydw i, os oeddan nhw am ein harestio ni, yna pam na fasen nhw wedi gwneud hynny'n syth bin?'

Gosododd Isa'r pyped olaf yn ôl yn y fan. 'Dim ond gobeithio bod Andres wedi bod yr un mor lwcus â ninnau.'

Ar y ffordd adref i'r felin, stopiodd Beto'r fan a phiciodd allan i brynu copi o'r *Mercury*.

'Does dim syndod eu bod nhw wedi hel eu traed mor handi!' meddai Beto. Edrychodd Isa ar yr argraffiad arbennig hwn o'r papur, a darllenodd y penawdau:

PUM AWR O SAETHU RHWNG Y SECIWRITI A'R TERFYSGWYR.
Lladdwyd chwe deg aelod o'r Résistance *mewn terfysg yn y strydoedd wedi i aelodau o'r Seciwriti ddarganfod un o'u mannau cyfarfod.*
Llwyddodd rhai o'r arweinwyr i ddianc, ond credir iddynt gael eu clwyfo'n ddifrifol.
Ac yn olaf, mewn llythrennau breision, y rhybudd:
DINAS SANTIAGO DAN WARCHAE.

'Dyna i ti sut mae'r *Junta*'n gweithio,' dechreuodd Isa. 'All neb brofi rŵan a ydi'r arweinwyr yna wedi marw ai peidio. Ond mae o'n esgus i aelodau o'r Seciwriti dorri i mewn a chwilio ym mhob tŷ yn y dre.'

'Wel, mi fydd raid i ni ddangos y faner yn ein ffenestr rŵan—dyna mae'r cyfoethogion yn ei wneud. O leiaf, mi fasen ni'n cael llonydd wedyn gan y CNI.'

Chwarddodd Isa. 'A lle mae dy faner di—heb sôn am dy ffenestr di!' Yna sobrodd ei gwedd yn sydyn wrth feddwl unwaith eto am Andres.

Gafaelodd Beto yn ei llaw. 'Mi wn i be sy ar dy feddwl di. Paid â phoeni am 'r hen gyfaill, mi fydd o'n iawn, gei di weld.'

Ochneidiodd Isa. 'Beto, meddylia am eiliad. Pe bai gen ti unlle i fynd, ble faset ti'n anelu neu at bwy faset ti'n mynd?'

Llywiodd Beto'r fan i'r chwith, i gyfeiriad bryn San Lucia o'u blaenau. 'Heblaw atom ni i'r felin, wyt ti'n feddwl?'

Syllai Isa'n dawel ar yr haul yn machlud ar y copa. 'Wrth gwrs!' ebychodd Beto. 'At y Tad Mariano i'r Athrofa.'

'Ia, Beto.' Caeodd ei dwylo nes bod ei hewinedd yn y byw. 'Rydw i newydd sylweddoli 'mod i wedi'i arwain o ar hyd y llwybr peryclaf posibl.'

'Chi ydi'r Tad Mariano?'

'Pwy ydach chi?'

'Andres Larreta. Mi soniodd fy ffrindiau, Beto ac Isa— sy efo'r *Marionetas de los Gemelos*—y basech chi'n . . .'

'Tyrd i mewn â chroeso.'

Agorodd y drws pren solet a cherddodd Andres i mewn. Clywodd y drws yn cau y tu ôl iddo.

'Mae'n rhaid i mi dy rybuddio di—os mai ar ffo rwyt ti, faswn i ddim yn aros yma.'

Ceisiodd Andres gelu'r teimladau a gorddai y tu mewn iddo a gwenodd ar y Tad Mariano. 'Na, dydw i ddim mewn unrhyw berygl, dim ond galw heibio'r ydw i.'

Edrychai Mariano lawer hŷn na'i oed. Er mai dim ond deg ar hugain oedd o, roedd ei wallt wedi britho ac wedi teneuo gryn dipyn ar y corun, ac roedd ei fochau yn bantiog a rhyw wrid afiach arnynt. Doedd o ddim tebyg i offeiriad yn y jîns a'r crys oedd amdano.

'Ydi Beto ac Isa mewn unrhyw berygl 'ta?'

'Oes 'na rywun sy'n ddiogel?' atebodd Andres heb feddwl.

'Mi rwyt ti mewn rhyw fath o helynt, 'dwyt? Ydi'r heddlu ar dy ôl di?' Ond cyn i Andres gael cyfle i ateb, roedd y Tad Mariano wedi cysidro pwy oedd o. 'Larreta? Dim . . .'

'Ia, mab Juan Larreta ydw i.'

'Mi roedd y ddamwain yn drychineb ofnadwy.'

'Ond chafodd o mo'i ladd—y Seciwriti aeth â fo.'

'Be am Horacio?'

'Wedi marw. Mi saethon nhw fo yn y car.' Gwelodd Mariano'r gofid yn llygaid Andres, a rhoddodd ei fraich am ei ysgwydd i'w gysuro.

'Ches i erioed mo'r fraint o gyfarfod dy dad, ond roeddwn i a Horacio yn nabod ein gilydd ers pan oeddan ni'n ddim o bethau.'

Pwyntiodd Mariano at ran o'r to oedd wedi ei adnewyddu. 'Mi arferai Horacio ddŵad draw a chynnal sioe un dyn inni. Diolch iddo fo, mi drwsion ni'r to draw yn fan acw fis diwethaf.'

Arweiniodd Andres ar draws yr ardd oedd â phileri hardd o boptu iddi. Safai ffynnon yn y canol a chlywai Andres y dŵr yn disgyn yn dawel ar y borfa. 'Mae yna ogla cawl yn dŵad o'r gegin. Mae'r chwaer Teresa yn grediniol bod yr Hollalluog yn rhoi rhybudd iddi pan fydd ymwelwyr yn taro heibio.'

Edrychodd Andres ar ei ddwylo mwdlyd. Roedden nhw'n drybola ac ôl gwaed arnyn nhw. 'Dydw i ddim yn lân iawn, mae arna i ofn,' meddai.

'Mi gei gyfle i molchi cyn cael tamaid i'w fwyta.'

Bwytaodd ei swper yn awchus yn y ffreutur gwyn-galchog bychan. Blasai'r potes cyw iâr a'r bara ffres yn fendigedig. Pan gododd ei ben, gwelodd Mariano yn edrych arno a gwên ar ei wyneb. Oedodd. 'Mae'n ddrwg gen i, oeddach chi am ddweud gras bwyd?'

Chwarddodd Mariano. 'Ydi'r Larretas yn arfer â dweud gras? Go brin o gofio'r holl wawdio sy ar yr eglwys yng nghaneuon Juan!'

Rhoddodd Andres ei lwy ar y bwrdd. Yr oedd wedi ymlâdd ac mewn gwendid. Gwyddai at ba gân y cyfeiriai Mariano:

> Wrth i'r offeiriaid giniawa
> yn nhai y cyfoethogion
> Faint o fwyd
> sy gan y tlodion?

'Ond doedd o byth â'i gyllell yn yr offeiriad cyffredin. Dim ond y rheini oedd . . .'

'Mi wn i,' atebodd Mariano yn addfwyn. Gwthiodd y llwy yn ôl i law Andres. 'Bwyta, bendith i ti, mae gennym ni ein dau lawer yn gyffredin.'

'Ond dydw i ddim yn gomiwnydd,' meddai Andres.

'Wnaeth neb honni dy fod ti. Oes yna obaith i ni fod yn gyfeillion?'

Llyncodd Andres ei lwyaid olaf o gawl yn ddiolchgar. 'Cyfeillion amdani!' Estynnodd afal o'r bowlen wrth ei ymyl gan led-ddisgwyl i Mariano ei holi ymhellach. Yn wir, roedd yn barod i adrodd ei hanes i gyd wrtho, ond safai'r offeiriad yn dawel o'i flaen. Ni fwriadai holi rhagor o gwestiynau iddo. 'Yli, Andres, po leiaf wyddom ni amdanat ti, gorau'n y byd—wyt ti'n deall?'

Ond gan syllu arno'n fud, dechreuodd Andres wagio'i bocedi yn araf bach ar y bwrdd o'i flaen. Gosododd gerdyn Don Chailey ynghyd â llun ei wraig a'i blant ar ganol y bwrdd. Yna'n dilyn daeth y manion a gasglodd oddi ar y cyrff yn y chwarel—modrwyau priodas, croes, llyfr a chas plastig amdano, llythyr mewn amlen, bil trydan heb ei dalu a nofel glawr meddal a'i thudalennau'n dal yn wlyb. Yn olaf, tynnodd Andres y darn papur o lyfr nodiadau Don Chailey a gosododd ef yn union o flaen Mariano.

Gwelodd yr ofn yn codi i wyneb yr offeiriad a heriodd ef i'w ddarllen. 'Dewch, darllenwch o!' Yna, ymbiliodd yn dawel. 'Darllenwch o, plîs.' Daeth cysgod trist i lygaid Mariano.

'Ddylach chi ddim fod wedi 'ngadael i mewn, rydw i'n peryglu eich bywyd chi.' Hanner disgwyliai i'r offeiriad droi arno a'i geryddu'n hallt.

Ond y cyfan a ddywedodd Mariano oedd, 'Mae'r Archoffeiriad wedi gorchymyn i bob un gydweithredu â'r *Junta*. Dydan ni ddim i estyn cymorth i'r rhai sy'n gwrthwynebu'r drefn.'

Estynnodd Andres am yr holl eiddo oedd ar y bwrdd o'i flaen. 'Os felly, mi goda i 'mhac . . .'

'Na, paid â bod yn fyrbwyll, Andres—cymer bwyll!' Teimlai Andres law gadarn yn gorchuddio'i un ef. 'Fydd y Chwaer Teresa fawr o dro yn cuddio'r rhain mewn lle na chaiff hyd yn oed yr Archoffeiriad ei hun hyd iddyn nhw. Wnei di ymddiried ynof fi?'

Yna dilynodd Andres ef i fyny i'r llawr cyntaf a thywyswyd ef i mewn i gell fechan, ddiaddurn. 'Nos da, Andres,' a chaewyd y drws ar ei ôl.

Gorweddai Andres yn ei wely a meddyliai am ei fam. Dyma'r awr o'r dydd y collai ei fam fwyaf. Hiraethai am yr amser y deuai at erchwyn ei wely pan oedd yn iau a sibrwd y geiriau: 'Cysga'n dawel, cariad. Gobeithio y cei di freuddwydion hapus braf.' Breuddwydion wir, chafodd o ddim oll ond hunllefau ers blynyddoedd bellach. Roedd yn troi a throsi ac yn methu'n lân â chael gafael ar gwsg. Mynnai digwyddiadau'r dydd ddod yn ôl ac yn ôl, yn un cawdel erchyll. Yna o'r diwedd caeodd ei lygaid, ond pharhaodd y cwsg ddim yn hir. Daeth y cyfan yn ôl eto—ac o fewn rhai munudau, deffrôdd a chanfod ei fod yn chwys laddar, wedi syrthio ar y teils oer.

Cododd a chroesi at y ffenestr i anadlu ychydig o awyr iach. O'r fan hon gallai weld y ffynnon a safai yng nghanol yr ardd.

Beth ar wyneb y ddaear oedd o'n ei wneud fan yma? Yna cofiodd mai Isa a'i gyrrodd o yma. Ia, yr efeilliaid; mi fu'n ffodus ar y naw i'w cyfarfod nhw. Erbyn meddwl, lle fyddai o hebddyn nhw? Allai o ddim mynd yn ôl i'w ysgol nac i goleg a doedd dim gobaith iddo gael gwaith. Pe bai rhywun ond yn clywed yr enw Larreta, yna mi fyddai ar ben arno. Loetrodd wrth y ffenestr gan hel meddyliau a syllu ar yr ardd brydferth o'i flaen. Clywai arogl hyfryd ambell flodyn yn treiddio i mewn trwy'r ffenestr. Oedd, roedd yn rhaid iddo ddal i gredu a dal i obeithio.

Yn sydyn tarfwyd ar y tawelwch a gwelodd Andres bobl yn symud yn yr ardd. Oddi tano, gwelai gysgod gŵr oedd yn amlwg wedi ei glwyfo, yn cael ei gario i mewn i'r adeilad. Gafaelai Mariano yn ei ysgwyddau a chydiai'r Chwaer Teresa ynghyd â chwaer arall yn ei goesau. Gwaeddai mewn poen wrth i'r tri droi ei gorff i fynd i mewn i stafell y cleifion. Agorodd y Chwaer y drws a saethodd golau'r stafell allan gan oleuo'r ardd. Roedd ôl gwaed ar y cerrig islaw a sylwodd Andres ar y gwn yn llaw'r claf.

'Ara deg . . .'

'Mi arhoswn ni am funud.'

'Rydan ni bron yna, Hernando.'

'Mi fydd yn rhaid cael doctor ato.'

'Ydi hynny'n bosibl?' Llais Mariano.

'Ond mae o wedi colli cymaint o waed.'

'Disgwyliwch chi . . . mi wn i am rywun.'

Diflannodd y claf o olwg Andres wrth iddo gael ei gludo i stafell y cleifion, a chlywodd y drws yn cau'n glep. Dyma fi, meddai Andres wrtho'i hun, yn dyst unwaith yn rhagor—mae hyn yn mynd yn arferiad gen i. Yna gwelodd y Tad Mariano'n ailymddangos, y tro yma mewn côt fawr laes at ei draed a het ar ei ben. Edrychai'n debycach i aelod o'r Seciwriti nag i offeiriad. Beth fyddai gan yr Archoffeiriad i'w ddweud am hyn, tybed?

Wrth ei wylio'n diflannu'n dawel i lawr llwybr yr ardd, dechreuodd Andres hel meddyliau—oedd, roedd y wisg yn gweddu iddo. Llyncodd ei boer. Beth os mai . . . Tarodd ei dalcen yn handlen haearn y ffenestr wrth dynnu ei ben yn ôl i mewn i'r stafell. Aeth yn chwys oer drosto. Os felly, sut oedd dianc oddi yma? Edrychodd eto y tu allan i'r ffenestr a phenderfynu mai'r unig ffordd allan oedd ar hyd wal gul a gychwynnai fymryn o dan ei ffenestr ef ac a arweiniai i gefn yr adeilad.

Beth wnâi? Fyddai hi'n ddoeth iddo fynd rŵan, yn syth bin? Na, mi fyddai hynny'n anniolchgar; fe âi pan fyddai raid. Clywodd y cloc yn taro—dau ynteu dri? Gwrandaw-odd yn astud ar dipiadau'r cloc, ond yn y cefndir deuai sŵn sibrwd o ben draw'r ardd.

Dynes. Gwelai'r Chwaer Teresa'n dod allan i'w chwr a daeth llif o olau i'w chanlyn. Dynes mewn côt olau a sgarff am ei phen a bag doctor yn ei llaw. 'Bendith arnoch chi am fentro yma,' sibrydodd y Chwaer Teresa. 'Mae o mewn cyflwr pur ddrwg.'

'Os felly, efallai na alla i wneud fawr ddim i'w helpu heb iddo fynd i'r ysbyty.'

'Mi fasen ni'n ddiolchgar petaech chi'n gwneud be fedrwch chi.'

Gwrandawai Andres yn astud ar y cyfan. Wyddai'r doctor ei bod hi'n rhoi ei bywyd ei hun mewn perygl wrth fynd yn erbyn gorchmynion y llywodraeth? Gwyddai, debyg iawn!

Dychwelodd Andres i'w wely, gan bendroni ynglŷn â'r wraig oedd newydd fynd i mewn at y claf. Pam oedd hi'n fodlon mentro'i bywyd i geisio lleddfu rhyw gymaint ar glwyfau gŵr oedd yn ddieithryn hollol iddi, ac ar ben hynny, fwy na thebyg, yn ŵr â'r heddlu ar ei ôl?

Wnaeth o'r un ymdrech i geisio ateb ei gwestiwn ei hun, dim ond ochneidio'n dawel. Roedd ei lygaid yn cau ar ei waethaf a chwsg yn mynnu gafael ynddo'r tro hwn. Mi fyddai Isa wedi mentro hefyd . . . Isa . . . mi fydd hi'n siŵr o fod yn poeni amdana i . . . mi gychwynna i'n ôl i'r felin fory'n ddi-ffael . . .

Pe bai Andres yn ymwybodol o'r hyn oedd wedi digwydd yn y ddinas y noson honno—yr ymladd fu rhwng y fyddin ac aelodau'r *Résistance*—fyddai o ddim wedi syrthio'n ôl i gysgu mor rhwydd. Wyddai o ddim fod y Berets Duon yn chwilio ym mhob twll a chornel am y rhai oedd wedi llwyddo i ddianc. Wyddai o ddim chwaith eu bod nhw'n torri i mewn i bob tŷ ym mhob stryd a'u bod yn prysuro tuag at Athrofa'r Fair Fendigaid.

Pe bai ond yn gwybod bod un o'r prif arweinwyr y bu'r heddlu ar ei drywydd ers blynyddoedd yn gorwedd un llawr oddi tano, fyddai o byth bythoedd wedi cysgu mor dawel. Ond sut oedd o i wybod?

Ddau funud union wedi i gloc yr Athrofa daro pump, deffrôdd Andres o ganol ei gwsg wrth glywed sŵn curo gorffwyll ar y drws allan a sŵn ergydion yn saethu trwy dwll y clo.

'Golau!'

Safai Mariano ger y drws, yn amlwg ar ddi-hun ers peth amser. 'Capitano! Cymerwch bwyll ddynion. Rydych yn Nhŷ eich Tad!'

'Chwiliwch bob twll a chornel!'

Estynnodd Andres yn wyllt am ei ddillad; tynnodd ei drowsus amdano, rhwygodd ei grys yn ei frys a tharodd ei sgidiau am ei draed heb drafferthu clymu'r careiau. Yna anelodd am y ffenestr a'i hagor. Na, gallai weld y milwyr yn glir! Disgynnodd yn sydyn i'w gwrcwd.

Beth wnâi? Heb oedi na meddwl rhagor, llithrodd ei gorff yn ofalus at y wal fechan, gul islaw'r ffenestr. Pe bai un o'r milwyr yn digwydd edrych i fyny, yna mi fyddai wedi canu arno. Daliodd ei wynt a cheisiodd symud yn dawel heb edrych i lawr ar y pellter oddi tano. Byddai un symudiad o'i le yn ddigon i ddenu ergyd gwn. Pwysodd ei gefn yn erbyn y wal gerrig. Roedd wedi llwyddo i gyrraedd pen y wal a chefn yr Athrofa: ond yn awr roedd yn rhaid iddo ddringo dau fetr cyn mentro ymhellach.

O'r fan hon clywai lais y swyddog yn blaen, yn rhuo yn y stafell oddi tano. Roedden nhw'n amlwg wedi dod o hyd i stafell y cleifion. 'Lle mae o, Mariano? Lle gythraul ydach chi wedi'i guddio fo?'

'Cuddio pwy? Wn i ddim am be rydach chi'n sôn.'

Poerodd y swyddog ei gynddaredd ato, 'Bradwr! Com-iwnydd felltith! Mi wyddon ni fod Hernando Salas wedi cael lloches yma!'

'Does gennym ni'r un claf yma ar y funud fel y gwelwch chi, *Capitano*.'

Cynddeiriogwyd y swyddog gan ateb Mariano. 'Os mai fel'na mae'i dallt hi . . .'

Clywodd Andres y milwyr yn ymosod arno a'r Chwaer Teresa yn sgrechian mewn ofn yn y cefndir. Dringodd gam i fyny a gorffwysodd yn erbyn y cerrig, cam arall ac i fyny â fo eto. Daeth sŵn dyrnu a griddfan am yn ail i glyw Andres wrth iddo orwedd ar ben y wal. Doedd waeth faint o dwrw a wnâi yn awr, chlywai neb mohono yng nghanol yr holl sŵn. Roedd y milwyr wedi llusgo Mariano allan o stafell y cleifion ac wedi ei sodro yn erbyn un o'r pileri yn y cyntedd a'i ddwylo y tu ôl i'w gefn. 'Gwnewch iddo dalu'n ddrud am ei gelwyddau! Mae gennym ni dystiolaeth bod 'na ddoctor wedi bod yma heno. Wyt ti'n barod i siarad rŵan 'ta?'

Teimlodd Mariano faril gwn yn taro'i gorff ac yn torri'i esgyrn. 'Na, fu'r un doctor yma. Dim un.'

Llithrodd Andres i lawr ochr y wal gan obeithio y byddai'n weddol gyfan yn cyrraedd y gwaelod, yna gollyngodd ei afael. Atseiniai sgrech annaearol Mariano yn ei glyw wrth iddo ddisgyn i'r ddaear oddi tano. Distawai'r gri wrth iddo bellhau yn is ac yn is. Pam rydw i'n rhedeg i ffwrdd a Mariano yn cael ei ladd? Ddylwn i aros? Yna teimlodd ei gorff yn sgrytian wrth lanio ar y pridd yr ochr arall i'r wal. Roedd wedi llwyddo i ddianc yn un darn! Cododd ar ei draed yn simsan. Na, doedd yna'r un asgwrn wedi'i dorri er y teimlai fymryn o boen yn ei ben-lin chwith. Syllodd i'r tywyllwch o'i flaen a'i gefn tuag at wal yr Athrofa. Cael a chael fu hi, meddyliai wrtho'i hun. Dyna bennod arall wedi'i chau.

Yna: 'Saf ble'r wyt ti!'

Cododd Andres ei ddwylo'n araf uwch ei ben.

'Yn hollol lonydd!'

A gwelodd Andres bedwar gwn yn ei wynebu a phob un ohonynt yn anelu'n union am ei galon.

6

Mae'r cyrch i ddal arweinwyr y *Résistance* yn dal ar droed yn Santiago a thros Chile gyfan. Clywir yr hofrenyddion yn troelli yn yr awyr ymysg y sêr disglair fel adar yn chwilio am eu hysglyfaeth. Ar y strydoedd oddi tanynt, gwibia'r ceir arfog ar ôl unrhyw gysgod amheus a chudd-ia'r tanciau y tu ôl i bob tro, yn barod i lorio neu lyncu'r gelyn.

Does yr un ddihangfa wrth i'r milwyr ruthro i bob tŷ a thorri'r drysau i'w canlyn. A gwae'r sawl a fentra godi ei lais, un ai fe'i curir yn ddidrugaredd neu fe'i tywysir ymaith yn ddiseremoni.

Ond nid dyna'r cyfan, o na; crwydra'r Sgwadiau Lladd yma a thraw ar hyd strydoedd y ddinas yn cyflawni pob math o erchyllterau.

Maen nhw'n llosgi. Maen nhw'n lladd. Maen nhw'n dathlu.

'Bendith Duw ar y *Junta*!'

Cododd Isa ar ei cholyn yn y gwely. 'Mae 'na rywbeth wedi digwydd i Andres!'

Neidiodd Beto fel bwled allan o'i wely, gan feddwl yn siŵr bod rhywun yn ymosod arnyn nhw. 'Lle maen nhw . . . yn lle . . . ?'

Erbyn hyn roedd Isa wedi croesi'r stafell at ei ochr. 'Yli, mae'n rhaid i ni godi. Rhaid i ni wneud rhywbeth . . .' Gafaelai yn Beto fel cranc gan geisio'i godi ar ei draed.

'Ond, Isa fach . . .' atebodd yntau hi. 'Breuddwydio rwyt ti!'

Ond tynhaodd Isa'i gafael. 'Maen nhw wedi'i ddal o, rydw i'n siŵr!'

Ceisiodd Beto dawelu rhyw gymaint ar ei chwaer a daliodd hi'n llonydd o'i flaen. 'Isa, sbia arna i . . . wedi cael hunllef rwyt ti. Dim ond chwarter wedi pump yn y bore ydi hi. Os oes 'na rywbeth *wedi* digwydd i'r hen gyfaill, allwn ni wneud dim byd. Allwn ni fyth symud o 'ma a phethau fel ag y maen nhw yn y ddinas.'

'Damia'r milwyr!' Tynnodd ei hun yn rhydd o afael ei brawd ac aeth i nôl ei dillad. 'Os mai hunllef oedd hi, popeth yn iawn, ond mae'n rhaid i mi gael gweld drosof fy hun. Rydw i'n mynd i'r Athrofa rŵan.'

'Nac wyt! Dim tan ar ôl chwech!'

'Ydw!'

Sylweddolodd Beto nad oedd dim troi arni, felly rhedodd ar draws y stafell a chydiodd ynddi. Ciciodd a stranciodd hithau fel dynes wyllt nes y syrthiodd y ddau yn bendramwnwgl i'r llawr. Beto enillodd gan mai ef oedd y cryfaf. 'Wyt ti'n meddwl bod Andres eisiau help gan rywun sydd wedi colli arni'i hun ac wedi cynhyrfu'n lân?' Gwenai Beto uwch ei phen a daliodd ei afael ynddi

84

hyd nes y gwelodd hi'n pwyllo fymryn. 'Wsti be? Mi rydan ni'n mynd yn debycach i'n gilydd bob dydd!'

Cododd hi ar ei heistedd. '*Fi* ydi'r un byrbwyll fel rheol a *chdithau*'r un sy'n bwyllog, yn pwyso a mesur pob dim.' Ond doedd Beto ddim yn ddall. 'Mewn cariad wyt ti, debyg.'

'Gwenwyn sy gen ti?' Ei thro hi oedd pryfocio nawr.

'Ia, efallai.'

Tynnodd ei geiriau'n ôl, yn edifar ei bod wedi brifo teimladau'i brawd. 'Gwranda, mae 'na rywbeth yn dweud wrtha i eu bod nhw wedi'i ddal o. A mi rydw innau'n poeni f'enaid am mai ni adawodd iddo fynd ar ei ben ei hun.'

'Codi bwganod rwyt ti, wyddost ti ddim byd i sicrwydd. Dydi hyn ddim byd tebyg i'r Isa yr ydw i'n ei nabod.' Oedodd am eiliad. 'Tyrd i ni gael brecwast.' Estynnodd Isa am y tegell a'r jar goffi cyn i'w hefaill orffen y frawddeg.

'Ond fi sy'n arfer gwneud y brecwast!' protestiodd Beto.

'Dim bore 'ma.' Roedd gwên unwaith eto ar wyneb Isa. 'Eistedd, Beto, mae gen i rywbeth rydw i eisiau ei ddweud wrthat ti, neu gyfaddef a bod yn fanwl gywir.'

Taniodd y stof fach a llanwodd y tegell â dŵr. 'Ynglŷn â'r lluniau . . . lluniau Don Chailey . . .'

'Ia, be amdanyn nhw?'

'Wel, mi roeddat ti dan yr argraff mai gan Diego roeddan nhw, on'd oeddat?' Rhoddodd goffi a llwyaid o siwgwr yn y ddwy gwpan.

'Dim ganddo fo maen nhw . . .?' Roedd tinc o bryder i'w glywed yn ei lais.

'Mae un set o luniau ganddo fo . . .' Cododd ei aeliau

wrth rag-weld ei geiriau nesaf '. . . ac mae'r llall gennym ni.'

'Gennym ni? Ond ddywedaist ti ddim wrtha i . . .'

'Naddo, mi wn i. Be haws oeddwn i o ddweud wrthat ti?'

'Dim yn y fan?' Nodiodd Isa ei phen i gadarnhau ofnau ei brawd. Cododd Beto fel bwled ar ei draed. 'Dwyt ti erioed yn dweud wrtha i fod y lluniau 'na yn y fan pan oedd y fan Seciwriti yn ein dilyn ni!'

'Eistedd wir, neu chei di ddim coffi.' Roedd hanner gwên ar wyneb Isa o hyd. 'Dywed wrtha i rŵan, yn hollol onest, faset ti wedi cadw dy bwyll cystal ag y gwnest ti, pan oedd y CNI yn aros amdanom ni wrth yr ysgol, petait ti'n gwybod bod y lluniau dan dy draed di?'

Eisteddodd Beto yn ufudd fel plentyn a chymerodd lymaid o goffi a chwlff o fara menyn yn ei law. Syllai yn syth o'i flaen, wedi'i syfrdanu. 'Mi fasen nhw wedi'n saethu ni yn y fan a'r lle . . .'

'Basen, debyg. A rŵan, mi gân nhw dalu'n ddrud am fod mor ddall.'

Cododd Beto ei ben ac edrychodd i fyw llygaid ei chwaer: 'Gân nhw?'

Ychydig a gofiai Andres am y daith honno ar draws y ddinas mewn hen lorri'n perthyn i'r fyddin. Ond yr oedd ganddo frith gof o'r hyn ddigwyddodd iddo cyn hynny. Cofiai iddo gael ei wthio i mewn i gwt pren efo cannoedd o ddynion eraill oedd yn hŷn o lawer nag o. Prin bod lle i sefyll, heb sôn am anadlu, a theimlai Andres ryw dawelwch rhyfedd o'i gwmpas—tawelwch â'i lond o ofn. Yna mentrodd un hen ŵr dorri ar y distawrwydd drwy ofyn a gâi o ddefnyddio'r lle chwech. Taflodd y gard bwced i ganol y cwt a'i siarsio i'w ddefnyddio. A phan wrthododd yr hen ŵr, llusgwyd o allan. Welwyd mohono wedyn. Sylweddolodd y gweddill y byddai'n rhaid iddyn nhw dderbyn eu tynged ac er i'r bwced orlenwi, feiddiodd neb brotestio; doedd dioddef y drewdod a'r ffieidd-dra yn ddim o'i gymharu â'r hyn allai ddigwydd iddynt.

Rhaid i ti dderbyn, rhaid i ti dderbyn y drefn. Lle'r oedd Andres wedi clywed y geiriau yna o'r blaen? Gan Juan, reit siŵr. Ceisiodd Andres ddygymod â'r sefyllfa a gorff-wysodd ei ben ar ei liniau. Ymddangosai'r eiliadau fel munudau, a'r munudau fel oriau. Gwthiodd ei ddannedd i gnawd ei ben-lin i gadw'i hun yn effro. Mi feddylia i am Isa. A'r boen yn morthwylio yng nghefn ei ben lle trawyd o gan y reiffl, dychmygodd Andres ei ddyfodol yng nghwmni'r *Marionetas de los Gemelos*, yn teithio'r wlad efo'u caneuon a'u dramâu. Mi wnawn ni i bobl chwerthin a churo dwylo. Mi rown ni obaith yn eu calonnau. Mi wrthodwn ni gydymffurfio.

Ond pylodd y lluniau wrth edrych o'i gwmpas ar yr anobaith yn llygaid y dynion.

Toc wedi iddi wawrio, agorwyd drws y cwt a chyr-haeddodd swyddog â rhestr o enwau yn ei law. 'Y can-lynol—efo fi.' Darllenodd ddwsin o enwau. Yna trodd at y gard oedd yn camu trwy ganol y carcharorion ofnus. 'Hwnna!'

Edrychodd Andres ar y gard. 'Pwy? Fi?'

'Cwyd ar dy draed!'

Am eiliad teimlodd Andres ryw ryddhad; wedi'r cwbl roedd yn cael gadael y twll lle hwn. Ond trodd y mymryn gobaith yn ofn wrth glywed llais o'r tu cefn iddo'n sibrwd: 'Dywed wrthym ni pa mor boenus fydd o, fachgen.'

Arweiniwyd hwy allan i'r iard, ac wrth edrych tu draw i'r cysgodion a'r weiren bigog, gwelodd Andres lwyth arall o garcharorion yn cyrraedd gyda dau gard o boptu iddynt.

'Be mae o wedi'i wneud?' Safai dau gard arall heb fod ymhell oddi wrtho, y ddau yn amlwg yn methu'n lân â deall beth roedd bachgen mor ifanc yn dda yng nghanol y carcharorion. 'Wedi bod yn dwyn mae o?'

'Na, mae hwn yn go arbennig. Mi ddaethon nhw o hyd iddo fo y tu allan i'r Athrofa.'

'Be ydi hanes Salas? Ddaethon nhw o hyd iddo fo?'

'Wedi diflannu. Paid â gofyn i mi sut. Ond mae'r offeiriad ganddyn nhw.' Taniodd sigarét. 'Mae'r *Junta*'n gwybod sut i drin bradwyr sy'n cuddio dan adain y Fam Eglwys.'

Arafodd y tryc ac fel y camodd Andres allan, sylweddolodd ei fod wedi gweld y lle hwn o'r blaen. Roedd o wedi hanner disgwyl cyrraedd carchar gyda waliau uchel o'i gwmpas, neu'r Stadiwm Genedlaethol hyd yn oed. Doedd o ddim wedi clandro am eiliad y cyrhaeddai o dŷ crand mewn stryd barchus lle'r oedd rhesi o dai gyda phileri wrth y fynedfa a balconi ar eu tu blaen.

Nac oedd, doedd y lle ddim yn ddieithr i Andres—roedd o wedi gweld y tŷ yma yn lluniau Don Chailey. Croeso i Dŷ'r Hwyl.

I Ganolfan Gudd y CNI. I'r stafelloedd arteithio.

Fferrodd ei waed. Yn sydyn, wrth sefyll yng nghanol ei gyd-garcharorion, teimlai Andres unigrwydd ac ofn gwahanol i'r hyn a deimlodd erioed o'r blaen. Roedden nhw wedi cael eu gollwng wrth ymyl y tŷ, y tu ôl i ffens drydan, bedwar metr o uchder, a thu ôl i wyneb crand y tŷ, cuddiai rhesi o dai unllawr, blêr, gyda ffenestri tywyll a weiren ar eu traws.

Ffurfiwyd y carcharorion yn rhes. 'Enwau!' galwodd y swyddog a ddaliai'r ffeiliau. Yna cofnododd yr enwau gan ailadrodd pob un yn araf ac yn uchel. Curai calon Andres fel injan ddyrnu. Daeth ei dro ef. 'Benedetti,' meddai gan syllu tua'r haul.

'Oed, Benedetti?'

'Un deg chwech.' Llyncodd. Roedd hynny'n wir beth bynnag.

'Enw llawn.'

'Hugo Benedetti.'

'Cerdyn Adnabod?'

'Wedi'i golli o.'

'Wedi'i golli o, *Syr*.'

'Do, Syr, wedi'i golli o.'

Syllodd y swyddog yn ôl arno'n hir—doedd hon ddim yn stori newydd. Roedd o wedi'i chlywed hi ganwaith o'r blaen. Yna gwnaeth arwydd ar y gard. 'Pawb i mewn.'

Canfu Andres ei hun maes o law mewn cell fechan ar ei ben ei hun bach. Crynai gan oerfel ac ofn. Ond doedd yr oerfel yma'n ddim o'i gymharu â'r hyn oedd i ddod, meddyliai Andres. O na byddai rhywun, ie unrhyw un, ond yn gwybod ei fod yma. Ei unig obaith oedd Isa a Beto; bydden nhw'n siŵr o fod yn disgwyl amdano, nhw oedd ei unig obaith . . . Isa lle'r wyt ti rŵan? Wfft i'r caneuon a'r dyfodol, alla i ddim byw yn fy nghroen gyda'r ofn yma.

Cododd a mesurodd ei gell—dau gam ar draws a phedwar i lawr. Roedd y llawr yn wlyb ac yn oer, yn drewi o garthion. Doedd y bobl yma ddim hyd yn oed yn credu mewn gadael bwced yn y gell.

89

Wrth i'w lygaid gynefino â'r tywyllwch, gwelai Andres fath ar sedd bren ar y wal yn sownd wrth gadwyn a thynnodd hi i lawr i eistedd arni. Roedd unrhyw beth yn well na rhoi ei draed ar y llawr gwlyb, anghynnes. Wrth swatio yno'n un belen fach gron, sylweddolai Andres nad oedd dim ond poen yn ei aros o hyn allan. Roedd yn rhaid derbyn hynny. Aeth ias i lawr ei gefn wrth gysidro'r holl wybodaeth oedd yn ei feddiant. Pe baen nhw ond yn gwybod.

A doedd y ffaith bod ganddo syniad go lew o'r hyn oedd o'i flaen yn fawr o gysur iddo chwaith. Efallai y byddai'n well pe byddai mewn anwybodaeth lwyr o ystrywiau'r CNI. Cofiodd eiriau ei dad, Juan. 'Dal ati i siarad, parabla'n ddiddiwedd. Mae'n rhaid i ti. Dim ond pan wyt ti'n peidio â siarad maen nhw'n dangos eu dannedd. Mae rhywun yn dweud bob dim *ond* yr hyn sy o bwys mawr.'

Ond sut oedd rhywun i wybod beth oedd o bwys mawr? Unwaith roedd rhywun yn dechrau cyfaddef ambell beth, roedd synnwyr yn dweud y byddai'r holwyr wedyn yn pysgota am fwy o wybodaeth. Ac wrth i rywun ddweud ychydig yn rhagor . . . onid melys moes mwy . . .? Doedd Andres ddim wedi anghofio geiriau Braulio: 'Dydi popeth ddim yn ddigon i'r arteithiwr.'

Yna'n sydyn, clywodd Andres ddrws y gell yn agor a neidiodd ar ei draed. 'Allan!' Teimlodd fraich yn ei wthio allan i'r coridor ac yn y golau anghynefin, gwelai'r milwr yn rhoi ei droed ar bwt sigâr a'i wasgu i wlybaniaeth y gell. Uwch ei ben disgleiriai rhes o fylbiau ac yn union o'i flaen gwelai ddrws trwchus a dau filwr o boptu iddo. Agorwyd ef. Y tro hwn, teimlodd hergwd sydyn yn ei gefn. Paid â gwylltio, Andres. Paid â rhoi unrhyw esgus iddyn nhw ymosod arnat ti. Does dim eisiau gwneud pethau'n hawdd iddyn nhw.

Roedd hi'n stafell hir a llwm gyda llenni tywyll dros y ffenestri, a deuai'r unig olau o gyfeiriad lamp oedd wedi'i gosod ar ddesg. Arhosai actorion y ddrama yn y cysgodion. Cyfrodd Andres dri dyn, o bosibl pedwar, ac yna'n sydyn, cyn iddo sylwi ar ddim arall, teimlodd sach yn disgyn dros ei ben.

Dychrynodd am ei fywyd. Gwingodd wrth i'r sach gael ei chlymu oddi amgylch ei wddf. Yna caeodd rhaff am ei arddyrnau a chlowyd y cyffion.

Doedd o ddim wedi disgwyl hyn. Pam oedden nhw'n mynd i'r fath drafferth?

Yn sydyn, clywodd Andres ei lais ei hun, fel llais dieithryn, yn galw. 'Allwch chi ddim gwneud hyn. Dim ond un deg chwech ydw i. Mae'r Cyfansoddiad yn nodi . . .'

Ond rhoddwyd taw sydyn ar ei brotest; teimlodd Andres ddyrnod yn ei daflu nes ei fod yn llyfu'r llawr.

Ac yna clywodd y llais cyntaf. Llais undonog, digynnwrf oedd gan yr holwr cyntaf. 'Dydi'r Cyfansoddiad ddim yn berthnasol yma. Does dim hawliau dynol yma. Dyna pam mai yma, ac yma'n unig, y mae'r genedl yn ddiogel rhag y gelyn sy oddi mewn iddi. Yr unig fraint a roddir i ti yw'r hawl i anadlu—ond dim ond tra byddwn ni'n caniatáu hynny. Wyt ti'n deall?'

Feiddiai o? Fentrai o yngan y geiriau? 'Ond *alla i ddim* anadlu!' Gwasgodd ei fysedd i gledr ei law wrth ddisgwyl am y ddyrnod nesaf. Oedden nhw am ei gosbi am fod yn ddigywilydd, neu'n ddewr? Disgwyliodd. Ond ddaeth yr un ergyd. Teimlai gymysgedd o ryddhad a balchder; roedd o eisoes wedi torri un rheol a heb ei gosbi.

'Llaciwch y sach.' Llusgwyd o'n ôl ar ei draed. 'Enw?'

'Hugo Benedetti.'

'Ysgol?'

'Dim ysgol. Roeddan ni'n symud o gwmpas ormod.'

'Dy ysgol ddiwethaf di?'

Saib. 'San Martino.'

'Mi edrychwn ni ar y gofrestr. Dy gartref di?'

'Dim un parhaol.'

'Paid ag osgoi ateb, y cenau bach.' Llais gwahanol oedd hwn. Roedd yr ail lais yn uwch o lawer; swniai'n flin ac yn ddiamynedd. Dau lais felly. Rhoddodd Andres enwau arnyn nhw—y Llwynog a'r Tarw.

'Mi gei di dy gosbi os nad atebi di'n iawn,' rhybuddiodd y Llwynog.

'Ond rydw i'n dweud y gwir.'

Tarw: 'Rwyt ti'n dweud celwydd. Be ydi d'enw di?'

'Hugo Benedetti.'

Llwynog: 'Mae gennym ni le i amau nad dyna dy enw iawn di.'

'Beni. Mae fy ffrindiau yn fy ngalw i'n Beni—o Benedetti. Does gen i ddim cartref achos mi wahanodd fy rhieni i ac mi redais innau i ffwrdd.'

'Enw'r ysgol?'

'San Martino.'

'Disgrifia hi.'

Wyddai Andres ddim oll am San Martino ac eithrio'r ffaith mai yno yr âi cefnder i'w ffrind Costas. 'Mae 'na dariannau ar y relins. Un ohonyn nhw efo llun condor. Mae'r hogiau . . .'

'Digon.'

Synhwyrai Andres fod y Llwynog yn eistedd y tu ôl i ddesg a'r Tarw yn hofran uwch ei ben. Roedd ei lais yn agos, agos ac yna clywodd floedd yn ei glust dde: 'Be oeddat ti'n wneud yn loetran o gwmpas yr Athrofa â'r ddinas dan warchae?'

'Doeddwn i ddim . . .'

Chafodd o ddim gorffen ei frawddeg. Daeth llais y Llwynog yn nes hefyd. 'Mi gawn ni weld ynglŷn â hynna yn y man. Ond dywed wrthan ni gyntaf, be oeddat ti'n wneud cyn hynny?'

'Es i ddim i'r Athrofa.'

'*Cyn* hynny ofynnais i.'

'Ond es i ddim yno.'

Gwaeddodd y Tarw: 'Ond mi welson nhw chdi yno! Mi gest ti dy ddal reit y tu allan i'r waliau.'

Daeth llais y Llwynog unwaith eto: 'Be oeddat ti'n wneud cyn i ti gael dy ddal?'

'Trio chwilio am rywle i gysgu oeddwn i.'

'Cyn y gwarchae—yn ystod yr oriau cyn y gwarchae.'

'Mi oeddwn i tu allan i'r ddinas.' Teimlodd ddwrn yn taro'i ben yn egr.

Tarw: 'Mi fydd yn rhaid i ti wneud yn well na hynna.'

'Ond mae o'n wir. Gweithio roeddwn i.'

'Gweithio yn lle?'

'Efo . . . actorion. Actorion teithiol. Yn symud golygfeydd . . . ac mi fydda i'n canu dipyn. Ac yna pan ddaeth y fyddin, mi . . .'

Cynddeiriogwyd y ddau holwr i'r fath raddau y tro hwn nes y codwyd Andres ar ei draed gan ddau bâr o ddwylo. Teimlodd ei hun yn cael ei lusgo dros ben ei gadair a'i sodro yn erbyn wal frics.

Y Llwynog ddechreuodd gyntaf: 'Be wyt ti'n feddwl— pan ddaeth y fyddin? Wyt ti'n trio awgrymu bod cynllwyn ar droed i ddymchwel y Cyfansoddiad?'

'Nac ydw, Syr. Y cyfan ddeallais i oedd na chaen ni berfformio rhagor o ddramâu. Mi aeth pawb ei ffordd ei hun wedyn. Mi wnes i fodio'n ôl i Santiago.'

'O lle?'

'San Felipe.'

'Mi gawn ni weld am hynny. Ac enwau'r actorion?'

'Y Cyfeillion.' Roedd y geiriau'n dod allan heb yn wybod iddo rywsut.

'Faint ohonyn nhw?'

'Pump—chwech efo fi.'

'Enwau.'

Dechreuodd Andres sylweddoli ei fod yn plymio'n is ac yn is i bydew o gelwyddau. Ond doedd dim troi'n ôl bellach.

'Enwau!' rhuodd y Tarw wrth i Andres oedi.

'Mi gawn ni nhw wedyn,' meddai'r Llwynog yn siarp. Hwn oedd â'r gair olaf, meddyliai Andres wrtho'i hun. 'Be oeddat ti'n wneud yn yr Athrofa?'

'Wel, roedd y gwarchae . . .'

'Be oeddat ti'n wneud?'

'Roeddwn i eisiau bwyd. Wyddwn i ddim mai Athrofa oedd y lle.'

'Pwy ddywedodd wrthat ti am y lle?'

'Gyrrwr y lorri.'

'Gyrrwr pa lorri?'

'Hwnnw y ces i'r lifft ganddo fo.'

'Felly, mi rwyt ti'n cyfaddef i ti fynd i mewn i'r Athrofa.'

Sylweddolai Andres ei fod wedi cyrraedd croesffordd, a wyddai o ddim pa ffordd i droi. Ddylai o gyfaddef yr hyn oedden nhw'n ei wybod eisoes? Roedd ganddo eiliad i benderfynu. Nodiodd ei ben dan y sach. 'Mi oeddwn i'n amau mai rhywle crefyddol oedd o.'

'Ond mi wnest ti wadu hynny gynnau.'

'Ofn oedd arna i.'

Tarw: 'Felly, mi rwyt ti wedi bod yn rhaffu celwyddau wrthym ni.'

'Naddo . . . Mi rydach chi'n fy nrysu i efo'r holl gwestiynau yma.'

Synhwyrai Andres fod y Llwynog yn ôl wrth ei ddesg. 'Gan bwy y cest ti fwyd yno?'

Roedd synnwyr yn dweud na allai ddal ati i ddweud rhagor o gelwyddau, felly cofiodd eiriau ei dad a phenderfynodd ddweud ychydig o'r gwir heb ddatgelu y pethau pwysig. Ond faint oedden nhw'n ei wybod? Dyna'r cwestiwn.

'Gan offeiriad.'

'Y Tad Mariano?'

'Ddywedodd o mo'i enw wrtha i.'

'Faint o'r gloch ddaeth y dyn oedd wedi cael ei anafu i mewn?'

Roedd y distawrwydd yn annioddefol. Clywai bob curiad o'i galon. Clywai bendil cloc yn tician yn ôl ac ymlaen. Ond yn waeth na dim, clywai'r Tarw'n anadlu'n drwm uwch ei ben. 'Dim ond un person arall welais i, a lleian oedd honno. Mi es i am fy ngwely a . . . '

'Ia, cer yn dy flaen.'

'Wedyn mi ddaeth y milwyr.'

'Lle aethon nhw â'r dyn oedd wedi'i anafu?'

'Welais i neb wedi'i anafu.'

Erbyn hyn roedd y Tarw yn gafael yn Andres gerfydd ei gôt ac yn ei godi a'i ysgwyd yn wyllt. 'Y dyn oedd wedi'i anafu, y celwyddgi bach!'

Ond daeth llais melfedaidd y Llwynog o'r tu ôl i'r

ddesg. 'Roedd y Tad Mariano wedi dy anfon di ar neges at y *Résistance*. Hynny sy'n weddill o barti Miguel Alberti.'

'Nac oedd, nac oedd.'

Daeth ergyd i'w wyneb ac i'w gefn ar yr un pryd a theimlodd ei benliniau'n rhoi oddi tano wrth iddo gael cic yn ei goesau. 'Ateb fi!'

'Doedd gen i'r un neges, wir.'

'At bwy oeddat ti i fod i fynd?'

'Be oedd dy neges di? Tyrd yn dy flaen, neu mi fala i bob asgwrn yn dy gorff di.'

Ond roedd y Llwynog yn fwy cyfrwys ei ffordd. 'Os nad oedd gen ti neges, yna pam est ti i'r drafferth i neidio wal bum metr gefn trymedd nos?'

Teimlai Andres y gwaed yn llifo i lawr ei wddf ac yn ei fygu, ond allai o mo'i sychu a'i ddwylo wedi'u clymu. Ceisiodd ddal ei ben yn ôl, ond cythrodd y Tarw yn ei wallt, 'Ateb y Doctor!'

'Dengid oeddwn i.'

'Felly rydan ni'n cytuno—roedd gen ti neges bwysig.'

'Nac oedd! Dim ond trio dengid oeddwn i. Mi welais i filwyr. Yn saethu. Roedd arna i ofn. Mi oedd fy stafell i drws nesaf i'r wal.'

Aeth y Llwynog cyfrwys yn ei flaen: 'Sut nad oedd gen ti ddim Cerdyn Adnabod pan gest ti dy ddal?'

'Mi gollais i o yn y tân.'

Gwylltiodd y Tarw'n gacwn. Ysai am gael ei bump ar ei ysglyfaeth i'w ddarn-ladd a dysgu gwers go iawn iddo, ond arbedwyd Andres gan y Llwynog. 'Cadw dy fachau i ti dy hun.'

Siaradai'r Llwynog yn dwyllodrus o dawel: 'Rhaid i ti beidio â chynddeiriogi fy nghyfaill. Mae ganddo dymer fel tarw . . .'

Aeth Andres ymlaen â'i gelwyddau. 'Mi ddifethwyd popeth yn y tân, dair noson yn ôl—y props a'r gwisgoedd a'r . . .' Yna fe beidiodd y geiriau . . . Roedd wedi cyrraedd pen eithaf ei stori gelwyddog, a gwyddai yntau hynny.

Heb godi ei lais na dangos ei dymer, dechreuodd y Llwynog lle gorffennodd Andres.

'Wel, mae'n ymddangos i mi dy fod ti ar goll yng nghanol yr holl gelwyddau 'ma. Ddywedaist ti dy fod ti'n canu, do? Wel, 'ngwas i, mae hi wedi canu arnat tithau rŵan, gan dy fod ti mor amharod i'n cynorthwyo ni. Rwyt ti'n gweld, mi rwyt ti wedi gwastraffu'n hamser ni.'

Rhoddodd y Llwynog arwydd i'r milwyr o'i gwmpas. Codwyd Andres ar ei draed gan sawl pâr o ddwylo a theimlodd y cyffion yn cael eu hagor. Yna gafaelwyd yn ei goesau a'i freichiau a'u tynnu am allan cyn eu clymu'n sownd mewn gwely haearn. Ond nid ar ei gefn y gorweddai ar y gwely yma, yn hytrach, yn syth i fyny. Rydw i'n mynd i gael f'arteithio . . .

Dyma'r *Pendura*. Mi fyddan nhw'n tynnu yn fy nghymalau i nes bydd fy nghorff i ar dân. Beth wna i? Wnes i ddim meddwl am eiliad y byddai hyn yn digwydd i mi. Wnes i ddim clandro am hyn. Dydi hyn ddim yn deg, ddim yn deg o gwbl. Ond wiw i mi grio. Wiw i mi.

Er na phrofai Isa ddim o'r boen a deimlai Andres, llanwai gofid a phryder ei chalon. Allai hi aros ddim mwy. Nid nad oedd Beto wedi cynnig mynd â hi yn y fan i'r Athrofa, ond mynnodd Isa na châi o ddim.

'Ond mae'n well i ni aros efo'n gilydd, Isa. Be os na ddoi di'n ôl?'

'Fydd dim amdani ond i ti beintio arwydd newydd i'w roi ar ochr y fan—Y *Marionettes*: Un Efaill.'

'Paid â chellwair.'

Ond Isa gafodd y gair olaf. Aeth Beto am y golchdy i lanhau'r llanast a wnaed gan y bom-tân (dyna'r pris y bu'n rhaid i'r perchennog ei dalu am roi arwydd yn cefnogi'r Llew Arian yn ei ffenestr). Yn y cyfamser gyrrodd Isa trwy ddinas Santiago i gyfeiriad yr Athrofa lle canfu'r chwiorydd yn galaru yng nghanol y difrod o'u cwmpas. Dychrynodd Isa pan welodd gyflwr y lle a dychrynodd fwy fyth o weld cyflwr ei ffrind y Chwaer Teresa. Magai'r fraich oedd wedi'i thorri a chuddiai ei llygaid y tu ôl i'w bochau chwyddedig. 'Mi fûm i'n lwcus.' Yna holodd Isa am Andres. 'Do, mi ddaeth 'na hogyn yma, ond wn i ddim lle mae o erbyn hyn. Mi ddiflannodd o, er yn ôl pob sôn roedd y milwyr wedi amgylchynu'r Athrofa.'

Arweiniodd Teresa ei ffrind draw am yr ardd tuag at y pwll a'r ffynnon. 'Mi roedd o'n hogyn dewr, Isa. Mi ddaeth o â lluniau a rhyw fanion efo fo i ni eu cadw. Tyst-iolaeth, meddai fo, o gyrff meirwon . . .'

'Ga i eu gweld nhw?'

Cyrhaeddodd y ddwy y ffynnon a gwyrodd Teresa at fôn y wal a amgylchynai'r pwll. 'Rydan ni'n giamstars ar guddio pethau erbyn hyn.' Lledodd gwên ymysg y cleisiau. Yna rhedodd ei bysedd ar hyd y cerrig a thyn-nodd allan garreg sgwâr oedd yn rhydd. 'Mi gafodd y Berets Duon gymaint o hwyl yma, mi fyddan nhw'n siŵr o ddŵad yn eu holau. Felly mae'n well i ti fynd â'r rhain efo chdi.'

Gosododd y lluniau ac eiddo Don Chailey yn llaw Isa. 'Be fyddai gan lysgennad America i'w ddweud tybed pe bai o'n cael gwybod bod ffotograffydd Americanaidd wedi cael ei ladd gan y *Junta* heb achos yn ei erbyn? Mi welodd dy ffrind y cwbl . . . mae o wedi gweld llawer . . .'

'Ydi,' atebodd Isa'n benisel.

'Mae gen ti feddwl mawr ohono fo?'

'Mi *oedd* gen i.'

Ochneidiodd Teresa. 'Pam rydan ni'n gorfod siarad yn y gorffennol mor aml, Isa?'

'A pha hanes sy 'na am Mariano?'

Gwnaeth Teresa arwydd y groes ac atebodd yn bryderus. 'Mae o'n cwyno efo'i galon, Isa. Os caiff o'i arteithio rhagor gan y CNI, yna mae arna i ofn . . .'

Daeth y ddwy at giatiau'r Athrofa a chofleidiodd Teresa ei ffrind wrth ffarwelio; 'Be wnei di rŵan, Isa?'

Cododd Isa'r lluniau fel gwin cymun. 'Mi wna i bob dim alla i—efo'r rhain!'

Roedd y boen a saethai ar draws ysgwyddau Andres ac i lawr ei wddf bron â mynd yn drech nag o. Pe bai o ond yn cael rhoi ei draed ar y llawr am eiliad.

Synhwyrai fygythiad nesaf y Tarw wrth i arogl garlleg nesáu. 'Atebion rydan ni eisiau, a'r rheini'n reit handi hefyd. Enwau—wyt ti'n deall? Enwau!'

Y Llwynog: 'Mi ddechreuwn ni eto. Roeddat ti ar neges. Does gennym ni ddim diddordeb be oedd y neges, mae gennym ni syniad go lew be allai honno fod; ond yr hyn rydan ni eisiau'i wybod ydi at bwy oeddat ti'n mynd?'

Crefai Andres yn dawel am nerth i wrthsefyll y boen arteithiol, a chlywai ei lais fel adlais gwan yn y pellter. 'Doedd 'na'r un neges.' Teimlai Andres fel clai yn cael ei wasgu yn eu dwylo. ' "Cer tra gelli di", dyna eiriau'r Tad . . .'

Yna aeth y Llwynog ar drywydd gwahanol: 'Be oedd enw'r doctor ddaeth i mewn i'r Athrofa neithiwr?'

'Doctor?'

Sigodd ei gorff gan wayw wrth i ddwrn lanio yn ei stumog. Faint rhagor allai o 'i ddal?

'Y doctor!'

Ildiodd. 'Iawn, iawn. Mi oedd 'na ddoctor.' Suddodd dwrn arall i'w stumog. Mae'n rhaid i mi siarad i arafu'r dyrnu.

'Dyn ynteu ddynes welaist ti?'

'Wn i ddim.'

'Tyrd yn dy flaen!'

'Dyn!'

'Celwydd!'

'Dyn!'

Camodd yr holwyr yn eu holau, ac o'i grocbren clywodd Andres eu lleisiau'n trafod pa gamau nesaf i'w cymryd. Beth sydd am ddigwydd i mi? Fydda i'n llewygu?

Yna, y Llwynog: 'Tynnwch o i lawr. Mae'n amlwg eu bod nhw wedi anghofio dysgu un neu ddau o bethau iddo fo yn San Martino—chest ti ddim gwybod ganddyn nhw sut i ddweud y gwir? Ynteu wnaethon nhw anghofio dy rybuddio o beryglon twyllo?'

Gollyngwyd Andres fel sach ar y llawr.

'Does dim amdani ond y gwifrau.'

'Dŵr!' gorchmynnodd y Tarw.

Gwifrau a dŵr? Na, allen nhw ddim . . . Roedd o wedi darllen mewn llyfrau am arteithio gyda thrydan. Clywodd y dŵr yn cael ei dywallt o gwmpas ei draed. Yna teimlodd weiren yn cael ei chlymu am fodyn ei droed chwith. Rhwygwyd ei grys a gosodwyd weiren arall ar ei frest dde.

O Dduw, rho i mi nerth.

7

'Cyrnol Rugeros? Ga i dorri ar draws i ofyn cwestiwn tra phwysig?'

Yn y Weinyddiaeth Wybodaeth yn Santiago mae nifer o newyddiadurwyr wedi ymgasglu i wrando ar araith gan lefarydd ar ran y *Junta* yn Chile. Yn awr mae Jack Normanton, sy'n ohebydd i bapur newydd American-aidd, wedi mynnu cael ei big i mewn.

'Ynglŷn â chyfaill i mi—mae o ar goll ers peth amser.'

Mae Normanton a gweddill y newyddiadurwyr wedi cael eu hysbysu bod trefn wedi'i hadfer yn Chile yn dilyn llofruddiaeth drasig Miguel Alberti gan y terfysgwyr Comiwnyddol. Mae'r banciau ar agor fel arfer ac mae'r diwydiannau i gyd wedi ailgychwyn gweithio. Parheir y gwarchae hyd nes dinistrir y gelyn oddi mewn.

Yn ogystal, mae'r gêm gwpan yn y gystadleuaeth rhwng y Ddwy Hemisffer wedi cael ei haildrefnu ac y mae'r trefniadau newydd ar y gweill . . .

'Normanton ydi f'enw i a rydw i'n gweithio i'r *Phila-delphia Star*, chwaer bapur i'r *Baltimore Express & Times*. Donald Chailey ydi enw fy nghyfaill i sy wedi mynd ar goll —ffotograffydd ydi o.'

Doedd Cyrnol Rugeros ddim wedi derbyn cyfarwydd-iadau ynglŷn â'r modd i ddelio â chwestiwn o'r fath. 'Mae arna i ofn bod y Weinyddiaeth . . .'

'Mi ddaeth o yma i dynnu lluniau'r etholiad ac mae o wedi mynd ar goll.'

Mae'r Cyrnol yn troi at ŵr yn gwisgo sbectol dywyll wrth ei ochr. Mae hwnnw'n edrych draw i gyfeiriad Normanton. 'Does gennym ni ddim gwybodaeth amdano fo.'

Ond mae'r Americanwr yn mynnu ateb. 'Cyrnol, rydw i wedi cael cyfarwyddiadau pendant i ddod o hyd iddo fo, a hynny'n ddi-ffael.'

Cwyd newyddiadurwr arall ar ei draed. 'Roeddwn i ar yr un awyren â Don Chailey, Cyrnol. Mi roeddan ni'n aros yn yr un gwesty hefyd. Dydw i ddim wedi'i weld o ers nos Lun.'

'Tybio rydan ni ei fod o'n cael ei ddal yn y Stadiwm Genedlaethol. A hyd yma, mae eich swyddogion chi wedi gwrthod gwneud unrhyw ymholiadau ynglŷn ag o.'

Unwaith eto mae'r Cyrnol yn troi tuag at ei gyfaill yn y sbectol dywyll. Maen nhw'n sibrwd. Mae yna ysgwyd pen. Yna mae'r Cyrnol yn sythu ac yn edrych i ganol ei gynulleidfa, ac yn cyhoeddi, 'Mae'r Gynhadledd hon i'r Wasg drosodd, gyfeillion.'

Ffrwydrodd corff Andres gan boen. Saethodd y gwayw trwy'i fawd ac i fyny ei goes nes bod ei gorff yn ysgwyd yn ddireol, a'i ben-lin a'i ben yn cyffwrdd fel un.

'Pwy arall welaist ti yn yr Athrofa?'

'Neb.'

Y tro hwn dyfnhaodd y boen a theimlai Andres fel petai dwy gyllell yn rhwygo trwy'i gorff ar unwaith. Roedd effaith y cerrynt trydan yn mynd yn waeth bob eiliad. Meddiannai bob rhan o'i gorff, gan arteithio'i gnawd yn ddidrugaredd.

Neidiodd ei goesau i fyny.

Saethodd y rhan uchaf o'i gorff ymlaen.

Fflachiodd goleuadau glas a gwyn o flaen ei lygaid a sylweddolodd ei fod yn gorwedd ar ei hyd yn y dŵr ar y llawr. Allai o gymryd dim rhagor. 'Rydw i'n ildio.'

*   *   *

'Mr Normanton? Mae gen i neges i chi.' Erbyn hyn roedd gohebydd y *Philadelphia Star* wedi dychwelyd i swyddfeydd yr asiantaeth i weisg rhyngwladol lle'r oedd ganddo ddesg a ffôn i wneud ei waith.

Edrychai'n flin ac yn hynod rwystredig. 'Mae'r diawliaid yn fy nilyn i . . . Oes 'na unrhyw newydd am Don?'

Estynnodd yr ysgrifenyddes nodyn iddo. 'Mi ffoniodd 'na wraig ifanc. *Santiaguena* oedd hi a roedd hi'n swnio'n bryderus iawn. Mi wrthododd roi ei henw i mi, ond roedd hi'n mynnu bod ganddi wybodaeth am Mr Chailey.'

Darllenodd Jack Normanton y geiriau ar y nodyn: '"Quinta Normale. Gwerthwr cnau y drws nesaf i'r amgueddfa. Tri o'r gloch." Be ydi'r Quinta yma?'

'Parc hamdden i'r de-orllewin o fan 'ma. Mae 'na lyn yno efo cychod ac amgueddfa, fel mae hi'n crybwyll.'

'Cyfarfod wrth ymyl y gwerthwr cnau, ia? Dim un o driciau plentynnaidd y CNI ydi hwn, gobeithio.'

'Mi roedd hi'n swnio'n ddigon gonest i mi. Mi ddarllenodd hi'r manylion ar gerdyn gwasg Mr Chailey ac roedd yna luniau o'i wraig a'i deulu ar y cefn . . . O, a chyn i mi anghofio, mi ddywedodd hi y dylech chi chwilio am het banama werdd.'

Safai Jack Normanton yn pendroni. 'Het banama werdd? Dim un felly oedd gan y Llew Arian?'

'Yli'r sglyfaeth bach, dywed ti'r gwir wrthym ni!'

'Ond rydw i wedi dweud y gwir!'

'Roedd Mariano yn rhoi lloches i derfysgwr. Pwy oedd o?'

Rhedodd y cerrynt unwaith eto ar hyd ei gorff. Sgrechiodd Andres wrth i'w gyhyrau losgi a thynhau. Doedd

ganddo ddim mymryn o reolaeth ar ei gorff na'i sgrech-
iadau erbyn hyn. Brathodd ei dafod. Nhw oedd piau'i
gorff, bob mymryn ohono, ond eto i gyd roedd Andres
wedi llwyddo i gadw'i feddwl o grafangau'r bwystfilod
rheibus o'i flaen. Daliai ei ymennydd i weithio'n rhyf-
eddol er gwaetha'r poenydio allanol. Roedd o wedi
casglu dau beth: yn gyntaf, na wydden nhw mo enw
arweinydd y *Résistance* a ddaeth i'r Athrofa; efallai bod
ganddyn nhw syniad go lew ond doedd ganddyn nhw
ddim tystiolaeth bendant. Yn ail, na wydden nhw ddim
chwaith pwy yn union a roddodd driniaeth iddo.
Roedden nhw'n amau mai dynes oedd hi, ond doedd neb
wedi cyffesu hyd yma.

Hyd yma.

Seibiant. Draw yn rhywle, synhwyrai Andres fod y
Tarw a'r Llwynog yn cyd-drafod. Yna daeth llais y
Llwynog o rywle yn ei ymyl, 'Sut gafodd y gŵr ei anafu?'

'Wn i ddim . . .' Yna, crymanodd ei gorff gan boen. 'Ei
saethu, am wn i. Roeddwn i'n cysgu i fyny'r grisiau.
Welais i ddim byd.'

Roedd y Tarw ar fin troi'r cerrynt i fyny pan ataliwyd ef
gan y Llwynog. Siaradai'n dawel, yn gyfrwys o dawel. 'Sut
gwyddost ti nad Diego Rosales oedd y gŵr?'

'Dim Diego Ros . . .' Oedodd Andres ar ganol y gair.
Roedd o'n syrthio ar ei ben i mewn i'r trap. Damia.
Roedd ei feddwl yn dechrau mynd ar chwâl a'r boen yn ei
goesau'n ei barlysu.

'Dim Diego Rosales . . . felly mi rwyt ti'n ei nabod o!'

'Nac ydw!'

'Un o brif arweinwyr y *Résistance*.'

'Na!'

Trowyd y cerrynt i'r eithaf! Dawnsiai Andres fel pyped

yn cael ei reoli gan wallgofddyn oedd wedi colli arno'i
hun yn lân. Methai'n lân â chael trefn ar ei feddyliau, a
theimlai bob rhan o'i gorff yn cael ei dynnu'n gareiau gan
y llinynnau. Neidiai ei ben o ochr i ochr a chodai ei
gymalau i'r awyr gan syrthio'n llipa yn eu holau.

Roedd y Tarw ar ben ei ddigon: 'Mae o'n gwybod. Mi
fentra i ei fod o'n nabod y cwbl lot ohonyn nhw!'

Y Llwynog: 'Roedd gen ti neges gan Hernando i Diego
Rosales—tyrd, cyfaddef! Dywed wrthym ni lle mae'r
Diego 'ma'n cuddio!'

Brwydrai Andres i reoli'r llinynnau a'i tynnai i bob cyf-
eiriad a daliai ei afael yn dynn yn y llinyn a gysylltai ei
ymennydd. 'Do, mi welais i'r dyn.'

'Be ddwedais i!' Roedd y Tarw'n hofran uwch ei
ysglyfaeth, yn ysu am ei waed.

'Ond dim Diego oeddan nhw'n ei alw. Wn i ddim am
neb o'r enw Diego.'

'Be oedd ei enw o 'ta?'

'Dim Hernando.'

'Tyrd â'r gwir i ni!' Crynodd ei gorff dan ddylanwad y
trydan, ac agorodd Andres ei enau i ollwng sgrech
annaearol. '. . . Horacio . . .' O leiaf roedd Horacio'n
farw, ac wrth hynny yn ddiogel o grafangau'r arteithiwr.

'Horacio?' Oedodd yr holwr; roedd Andres wedi rhoi
tro annisgwyl yn ei gyffes. Oedden nhw'n gyfarwydd â'r
enw, ac yn hanner credu'r stori?

Os oedd yna'r fath beth â lwc yn yr hen fyd yma,
meddyliai Andres, yna roedd o'n sicr yn ei haeddu'r
funud hon.

'Horacio be?'

'Wn i ddim—dim ond Horacio.'

Yna agorodd drws y stafell arteithio a daeth llais ifanc i glyw Andres. 'Rydan ni wedi gwneud ymholiadau am San Martino, Doctor.'

Suddodd calon Andres, lle bynnag yr oedd hi, yn ei gorff llipa, dieithr. Dyma'r diwedd wedi dod. 'Ia, tyrd yn dy flaen, oedd o'n dweud celwydd 'ta be?'

'Does gennym ni ddim gwybodaeth mae arna i ofn, Doctor.'

'Be ar y ddaear wyt ti'n feddwl—dim gwybodaeth?'

'Mi arestiwyd pennaeth yr ysgol ddoe, ynghyd â'r wyth athro. Does dim posibl cael gafael ar yr adroddiadau.'

'Pam?'

'Mi aeth dirprwy bennaeth yr heddlu â nhw efo fo, Syr.'

'Y ffŵl iddo fo!'

Y Tarw: 'Be am yr actorion, y Cyfeillion—gest ti afael ar unrhyw wybodaeth amdanyn nhw 'ta?'

'Mae pob cwmni drama wedi'i wahardd dros dro, Syr, dan orchymyn y *Junta*.'

'Ond mae 'na gofrestr o bawb . . . mi roedd yn rhaid i bob actor gael trwydded, siŵr!'

'Rydan ni'n dal i drio ein gorau, Syr, ond mae'r holl fusnes adloniant wedi mynd yn dawel.'

Yn araf bach roedd y Llwynog yn dechrau cynddeiriogi. 'Does 'na ddim byd o'n cwmpas ni ond twyll a brad. Ddaw 'na ddim byd ohoni, chawn ni fyth genedl ufudd nes cawn ni fwy o fannau holi a chael gafael ar y boblogaeth gyfan.'

'Ia, Doctor . . .' Llyncodd y negesydd ei boer yn nerfus. 'Ac mae arna i ofn, Syr, bod Mariano wedi marw.'

'Wedi marw! Ond sut!'

'Mi oedd o'n dioddef o glefyd y galon, Syr.'

Rhoddodd y Tarw ei big i mewn, ac meddai mewn llais dideimlad, 'Doeddan ni ddim i wybod hynny.'

'Ddim i wybod hynny!' Roedd y Llwynog yn gynddeiriog. 'Ein gwaith ni *oedd* gwybod hynny!' Cyrhaeddodd ei lais grescendo: 'Rydan ni wedi'i ladd o!'

'Rhif Dau laddodd o, Doctor, dim ni,' atebodd y Tarw, gan ei gywiro.

'Ond y fi oedd yn bennaf gyfrifol amdano fo!'

Rhyfeddai Andres o ganol ei boenau at eiriau'r Llwynog. Dyma fo'r prif arteithiwr yn galaru am ei ysgyflaeth.

Roedd o erbyn hyn ar ei draed yn brasgamu i fyny ac i lawr y stafell. 'Does 'na'r un dyn dan fy ngofal i wedi'i ladd cyn hyn. Rydw i wedi ymfalchïo yn hynny. Maen nhw'n dioddef, ydyn, ond dydw i ddim yn eu lladd nhw. Mi ga i nhw i gyfaddef—mi torra i nhw—ond chân nhw ddim marw gen i!'

Ond roedd y Tarw'n dal i ysu am waed. 'Lwyddon nhw i gael Mariano i gyffesu unrhyw beth?'

Edrychodd y negesydd i lawr wrth ateb. 'Naddo, Syr.'

'Dim?'

'Mi ddaliodd i'r diwedd, Syr. Yna mi enwodd rywun o'r enw Horacio.'

Distawrwydd.

'Ddywedodd o be oedd enw'r bachgen 'ma?'

'Dim enw, Syr. Dim ond rhyw greadur ddaeth o'r stryd i gael lloches rhag y gynnau.'

Yna collodd y Tarw arno'i hun yn lân, gan fwrw'r holl lid oedd yn cronni y tu mewn iddo ers tro, ar Andres. Cydiodd ynddo, fel pe bai pob carcharor, pob ysbryd ystyfnig, pob ateb twyllodrus, pob gweithred o ddewrder yn ei feddiant. Dyrnodd ef. Ciciodd ef. Llusgodd ef. Ond

107

doedd sgrechiadau Andres yn ddim o'u cymharu â'i weiddi gorffwyll ef.

Ymhen tipyn daeth y Llwynog ato'i hun, a gollyngodd y Tarw'i afael yn Andres. Gydag un gic egr gadawodd y corff yn anymwybodol wrth ei draed.

Dychwelodd y Llwynog y tu ôl i'w ddesg a dim ond ei ddwylo i'w gweld o dan y golau melyn, llachar. Plethai ei fysedd trwy'i gilydd. 'Dos allan! A cher â'r . . . llipryn hogyn 'na efo chdi!'

Draw ym mharc Quinta Normale roedd y gwerthwyr cnau wrthi'n brysur y tu ôl i'w stondinau.

Safai milwyr o bobtu'r fynedfa i'r amgueddfa ond roedd y giatiau i'r parc yn glir. Caeodd Jack Normanton ddrws y tacsi ac edrych o'i gwmpas.

Roedd popeth yn rhyfeddol o dawel a digynnwrf yn Santiago heddiw er gwaethaf yr arestio neithiwr a'r cyrchoedd arswydus gan y Sgwadiau Lladd. Ond doedd o ddim yn synnu chwaith. Fel hyn yn union y cofiai bethau yn El Salvador—yr awyrgylch wâr, ddi-stŵr yn y ddinas a'r tywallt gwaed enbyd yn y wlad wrth i'r gwerinwyr gael eu lladd yn eu cannoedd.

Ond roedd Chile yn wahanol, fel y mynnai'r swyddogion atgoffa'r bobl o hyd. Roedd Chile yn *wâr*, nid fel El Salvador neu Guatemala neu Nicaragua neu Bolivia. Ac roedd y *Mercury* wedi atgoffa'i phobl eto'r bore yma: '*Yn groes i'r hyn a ddywed gelynion y Junta, does yna ddim carcharorion gwleidyddol yn Chile. Nid yw'r stafelleodd arteithio honedig yn bodoli chwaith a sibrydion yn unig gan y Comiwnyddion yw'r straeon bod pobl yn 'diflannu'.*'

Ond roedd cynffon o rybudd i ddarllenwyr y papur: **'Ond y mae'r Gelyn Oddi Mewn yn parhau i fod yn**

fygythiad real, a phris bach iawn yw colli peth ar ein rhyddid i sicrhau dyfodol ein cenedl.'

Wrth i Jack Normanton gerdded i gyfeiriad y gwerthwr cnau oedd ger yr amgueddfa, gwyliwyd ef yn ofalus gan un o'r Gelyn Oddi Mewn. Gwyliai'r un person y ddau filwr a safai ger y fynedfa hefyd.

Roedd y cnau yn cael eu rhostio ar gerbyd tebyg i goets fechan a siâp cwch ar y rhan uchaf iddi. Prynodd Jack Normanton fagiad bychan iddo'i hun cyn troi i gyfeiriad y llyn o olwg y milwyr. Yna'n sydyn, gwelodd hi. Safai merch ifanc mewn het banama werdd dan gysgod coeden yn y pellter. Cerddodd Normanton yn dawel yn ei flaen ac oedodd wrth lan y llyn i eistedd ar fainc. Roedd yr haul yn boeth uwch ei ben a throdd ei wyneb i dderbyn y gwres. Draw, gwelai'r ferch dal, osgeiddig, dywyll ei chroen, yn cerdded i'w gyfeiriad a'i hwyneb dan gysgod cantal yr het. Cyrhaeddodd y fainc ac eisteddodd wrth ei ymyl.

'Ydan ni'n ddiogel fan hyn?' gofynnodd heb edrych i'r naill ochr na'r llall.

Gwenodd Normanton i lacio rhyw fymryn ar y tyndra. 'Fydda i ddim yn ateb dieithryn nes ca i'r gair cyfrin.'

Tro Isa oedd hi i wenu'n awr. 'Llinynnau Rhyddid . . . wneith hwnna'r tro?'

'I'r dim. Ydi'r heddlu ar dy ôl di?'

'Mi fasen nhw pe baen nhw'n gwybod be sy gen i yn y bag 'ma.'

Ar hynny taflodd Normanton gipolwg ar y bag plastig wrth ei thraed.

'Oes a wnelo fo rywbeth â Don Chailey?'

'Ydach chi'n cael eich dilyn?'

'Mi gymerais i dri thacsi i ddod yma . . . ac mi collais i nhw pan oeddwn i yn yr ail. Ga i brynu coffi tra byddwn ni'n siarad?'

'Na, mae'n well gen i aros yma, os nad oes ots gennych chi.' Yna dechreuodd Isa ddweud yr hanes am y papurau a'r holl eiddo yr oedd Andres wedi eu hachub o'r chwarel, cyn gosod cerdyn Don Chailey yn ei law. 'Mi guddiodd Andres yn yr Athrofa neithiwr ac mi ddywedodd o'r hanes wrthyn nhw cyn . . .' Tawodd.

'Mi wn i am yr Athrofa, mi dorrwyd i mewn iddi. Mae'r *Bureau* Gwybodaeth yn mynnu gwadu hynny, ond mae pawb yn gwybod bod Mariano wedi'i gipio.'

'Fy mai i ydi'r cyfan!' Syllai Isa i ddyfnder y dŵr gan wthio'i migyrnau i gledr ei llaw. 'Ydach chi'n gweld, fi yrrodd o yna.'

Roedd llais Normanton yn llawn cydymdeimlad. 'Nid dy fai di ydi'r ffaith eu bod nhw wedi torri i mewn i Dŷ Ein Tad gefn nos.' Gorffwysodd ei ben yn ôl. 'Mae gen ti feddwl mawr o'r bachgen ifanc yma, ydw i'n iawn?'

Edrychodd Isa i lygaid y gŵr y siaradai ag ef am y tro cyntaf. Yna tynnodd amlen fawr allan o'r bag. 'Mi gewch chi argraffu'r rhain ar dudalen flaen eich papur—os ydach chi'n fodlon mentro!'

Teimlai Isa'r cynnwrf yn cerdded trwyddo wrth iddo fodio trwy luniau Don Chailey. Chwibanodd yn dawel. 'Mae hyn yn anhygoel. Alla i ddim credu'r peth. Nefoedd fawr!'

'Fyddan nhw o ddefnydd i chi, Mr Normanton?'

'O ddefnydd? Paid ti â phoeni, mi fydd y rhain yn gweld golau dydd ar bob tudalen flaen o Alaska i Awstralia!'

'Ga i ofyn un gymwynas i chi? Wnewch chi roi help i mi

ddod o hyd i Andres a'i dad Juan Larreta? Rydw i'n erfyn arnoch chi!'

'Mi wna i bob dim o fewn fy ngallu.'

'Mae 'na un peth arall.' Cododd Isa gamera Don Chailey a'i gynnig iddo. Sylwodd Normanton ar y ffordd anfoddog y cynigiai ef iddo a dywedodd, 'Cadwa fo i dy ffrind, Andres. Wedi'r cyfan, iddo fo y rhoddodd Don o. A ph'run bynnag, mae o'n ei haeddu o.' Cododd y gohebydd ar ei draed yn llawn brwdfrydedd. 'Mae hyn yn achos dathlu. Be am rai o'r cnau 'ma!'

Doedd gan Andres ddim achos dathlu. Roedd perfformiad y pyped wedi dod i ben ac roedd ei linynnau'n un cawdel o ddryswch. Gorweddai'r corff maluriedig yng ngwlybaniaeth y gell, y cnawd yn goch at yr asgwrn a'r gwaed yn llifo o'r gwallt a'r trwyn. Ond dan y doluriau a'r esgyrn brau daliai ei feddwl i droi, yn hanner ymwybodol o'i gyflwr bregus. Teimlai'r boen yn cnoi bob yn ail eiliad ac atseiniai geiriau hunllefus y cwestiynau fel taranau yn ei ben. Yna fflachiodd mellt glas a gwyn o'i flaen. Tywyllwch.

Roedd yn anymwybodol.

'Ond mi gymerais i y byddet ti wrth dy fodd,' meddai Beto yn dechrau colli'i dymer.

'Tasa'r sefyllfa ddim fel ag y mae hi, mi faswn i wrth fy modd,' atebodd Isa yr un mor bigog.

'Ond dim ond dwy noson o 'ma mae o'n ei olygu. Mi fasem ni'n siŵr o gael cynulleidfa dda. A ph'run bynnag, rydan ni angen y gwaith!'

'Dydw i ddim yn gadael Santiago nes 'mod i'n gwybod be sy wedi digwydd i Andres, a dyna ben arni.'

'Ond ella na chei di byth wybod!'

'Felly mi arhosa i yma am byth!'

'Paid â bod mor wirion, Isa.'

'Wyt ti'n meddwl 'mod i'n mynd i droi 'nghefn arno fo rŵan?'

'Yli, mi roeddan ni wedi addo rhoi sioe i'r plant yn y cartref yn San José. Dwyt ti ddim yn cofio?'

'Ond mae Andres yn dibynnu arnom ni hefyd, Beto.'

Collodd Beto ei limpyn a chododd ar ei draed mor wyllt nes bod y platiau cinio'n clecian. 'Roeddwn i'n meddwl mai fel hyn y basai hi!'

'Be wyt ti'n feddwl?' gofynnodd Isa.

'Dim byd. Anghofia fo.'

'Sut galla i anghofio? Rwyt ti wedi dechrau, pam na orffenni di?'

Eisteddodd Beto ar y fainc a masg pryderus ar ei wyneb. 'Os nad wyt ti'n gwybod yn barod, yna dydw innau ddim am ddweud wrthat ti.'

Symudodd Isa at ei ochr ac edrychodd i fyw llygaid ei hefaill. 'Mi rwyt ti'n meddwl bod Andres wedi dod rhyngom ni, on'd wyt, a bod gen i fwy o feddwl ohono fo na sy gen i ohonat ti? Ydw i'n iawn, Beto?'

Cododd Beto ei ysgwyddau. 'Ella . . . Y pypedau a minnau oedd yn arfer â dŵad gyntaf yn dy fywyd di. Roedd gennym ni dîm da, Isa. Roeddan ni'n gwneud popeth efo'n . . .'

'O, Beto!' Gwasgodd Isa ei brawd yn dynn a'i ddal yn ei breichiau am rai eiliadau cyn troi ei wyneb tuag ati. 'Be wna i efo chdi, dywed! Y twpsyn!' Ond gwelai Isa'r amheuaeth yng nghornel ei lygaid.

'Fydd y sioe byth yr un fath efo tri ohonom ni, Isa.'

'Bydd wrth gwrs, Beto. Chdi sy'n codi bwganod. Mi

fydd gen i feddwl y byd ohonat ti waeth be ddigwyddith i ni, a fydd y ffaith bod Andres efo ni yn gwneud dim iot o wahaniaeth. Wyt ti'n fy nghredu i?' Daliodd ef nes gweld yr amheuon yn cilio. Sylweddolai ei bod wedi bod yn fyrbwyll a thrwy hynny, wedi brifo'i hefaill. 'Olreit 'ta, mi wnawn ni sioe yn y farchnad yn San Miguel fory, a wedyn mi awn ni am gartref y plant amddifad yn y pnawn.'

Gloywodd wyneb Beto a daeth yr hen asbri yn ôl. 'Wir? Mi fasai Andres o'r un farn rydw i'n siŵr. Wedi'r cwbl, mae o'n bartner hefyd rŵan, tydi?'

Rhoddodd Isa gusan i'w brawd. 'Ydi, Beto.'

Caeodd giatiau Tŷ'r Hwyl a gyrrodd y fan filwrol drwy dywyllwch y nos i gyfeiriad y de a'r gorllewin am Afon Maipo. Ynddi roedd llwyth o gyrff di-werth, rhai yn farw ac eraill ar fin marw. Gorwedddai'r cnawd a'r esgyrn yn gawdel anniben, heb bwrpas yn y byd. Wedi cyrraedd glannau'r afon, arafodd y fan ac agorwyd y drysau cefn gan ollwng y sbwriel byw ar gerrig gwynion y glannau. Taflwyd y cyrff yn un domen, y naill ar ben y llall, dan lygaid y sêr a'r lloer.

Ond o ganol y cyrff llonydd daeth symudiad. Estynnodd llaw esgyrnog am y cerrig rhydd a'u llusgo ar hyd y ddaear wlyb. Yna, yn araf, daeth braich a gweddill y corff i'r golwg o ganol y pentwr blêr. Corff bachgen oedd o, corff Hugo Benedetti, neu Andres Larreta.

Gorweddai Andres ymysg y meirwon yn ceisio penderfynu a oedd o'n fyw ai peidio. Oedd o wedi gadael Tŷ'r Hwyl? Oedd y Tarw a'r Llwynog wedi cael digon arno? Oedden nhw wedi'i adael yma i bydru? Synhwyrai fod mwy nag un o'i asennau wedi'u torri a theimlai ddiferion dŵr yn llyfu ei draed noeth. Crynodd ei gorff wrth i'r dŵr ei atgoffa o'r stafell arteithio dywyll. Mae'n rhaid ei fod wedi gadael Tŷ'r Hwyl. Lle'r oedd o? Ceisiodd droi ar ei ochr, ond wrth ymdrechu sylweddolodd mor fregus oedd ei gorff. Oedd ei asgwrn cefn wedi'i dorri? A beth am ei goesau? Gwthiodd un fraich y tu ôl i'w gefn; o leiaf roedd honno yn dal i weithio. Tyrd, Andres, paid â gadael iddyn nhw gael y gorau arnat ti. Ceisiodd symud ei goesau—ond gwrthodai'r cyhyrau weithio. Na, rydw i wedi 'mharlysu! Roedd ei geg yn agor a chau a deuai rhyw sŵn tagu, fel pe bai yn mygu, o'i enau. Gorffwysodd. Na, rhaid i mi beidio â chysgu. O leiaf, mi fydda i'n gwybod 'mod i'n dal yn fyw os cadwa i fy hun yn effro. Ymdrechodd i godi ei ben a thaflodd gipolwg ar y llygaid caeedig o'i gwmpas. Roedd o yng ngwlad y meirwon— doedd waeth iddo yntau ymuno â'r cyrff o'i gwmpas a chau ei lygaid ddim.

Na, deffra, Andres, deffra! Mae gen ti bethau i'w gwneud. Mae Andres Larreta'n dal yn fyw! Yn hanner byw o leiaf. Cododd un benelin. Dyna chdi! Yna cododd y llall. Diolch i Dduw.

Ond llithrodd ei gorff yn ôl yr un eiliad. Iawn, gorffwysa am ychydig ond paid â chysgu, siarsai Andres ei hun. Disgleiriai'r sêr uwch ei ben ac yn y pellter taflai goleuad-au'r ddinas eu llewyrch i fyny i'r awyr. Wrth syllu ar y goleuadau, daeth Andres i sylweddoli'n araf ei fod yn y wlad. Cododd ei ysbryd. Mae gobaith i mi eto, ond mae'n rhaid i mi lusgo 'nghorff oddi yma, cyn belled ag y gallai oddi wrth fy *nghompañeros*. Mi fydda i'n fwy diogel felly.

Yna pe bawn i'n gallu taro ar un Samariad Trugarog . . .

A'r penderfyniad wedi'i serio yn ei feddwl, cododd ran uchaf ei gorff gyda nerth ei fraich a'i benelin.

114

Mi ddechreua i fodio yn y bore.

Yna llwyddodd i'w godi'i hun ar ei benliniau. Na, doedd ei asgwrn cefn ddim wedi'i dorri, diolch byth. Os digwydd i rywun ofyn be sy wedi digwydd i mi, yna mi ddyweda i wrthyn nhw ei bod hi'n stori rhy hir . . .

Tyrd, cwyd ar dy draed. Un, dau, tri, defnyddia bob defnyn o nerth sy gen ti ar ôl yn dy gorff i dy godi dy hun. Brwydrodd Andres fel na frwydrodd erioed o'r blaen. Mi alli di wneud yn well na hyn. Tyrd yn dy flaen, y diogyn! Ochneidiodd, griddfanodd. Meddylia am y dyfodol a'r gwaith sy gen ti i'w wneud. Yna, er mawr syndod iddo'i hun, canfu ei fod ar ei draed a rhan uchaf ei gorff yn siglo fel twr ar fin cael ei ddymchwel.

Mentrodd un cam. Un i Juan. Arhosodd a siglodd yn ôl a blaen eto. Cam arall. Un i Horacio. Un i Braulio. Un i Don. Ac un i Isa? O! Llyncodd lond ysgyfaint o awyr y nos wrth faglu ar y cerrig gwynion dan ei draed.

Paid ag edrych i fyny nac i lawr. Cadwa d'olygon o dy flaen.

Caeodd ei ddwylo'n ddyrnau a chrensiodd ei ddannedd. Roedd hynny'n boenus—rydw i wedi colli un ohonyn nhw. Mi anela i draw i fan'cw lle mae'r afon yn troelli. Draw oddi wrth y meirwon.

Rydw i wedi cyrraedd! Rydw i wedi llwyddo! Diolch i chi'r hen goesau! A chithau'r hen draed! Mi ddylech chi gael cymeradwyaeth, ond mae pobman yn dawel fel y bedd. Rydw i'n syrthio, na . . .

'Tada! Tada—edrychwch!'

Roedd hi'n gynnar yn y bore a safai merch fach, tuag wyth oed, gerllaw glan Afon Maipo yn syllu i lawr ar y cerrig gwynion a'r dŵr. Disgwyl gweld siarc oedd hi—fel

115

hwnnw y bu ei brawd yn sôn amdano—ond er mawr syndod be welodd hi ond corff bachgen yn gorwedd ar y cerrig.

'Tada, mae 'na hogyn yn fan'ma, a mae o wedi marw!'

'Tyrd o fan'na, Rosa.' Roedd ei thad wrthi'n brysur yn llenwi rheiddiadur ei fan er mwyn ei chael yn barod i anfon ei gynnyrch i'r farchnad i'w werthu. 'Tyrd o fan'na i fusnesu.'

Ond roedd ei ferch eisoes wedi llithro i lawr y dorlan at y cerrig ac yn prysuro tuag at y bachgen. 'Tada, Tada! Mae o'n fyw!' Roedd wedi mentro at ei ymyl yn ddigon agos i'w gyffwrdd a gwelai ei fod wedi'i anafu. Agorodd y llanc ei lygaid wrth glywed y cerrig yn symud wrth ei ymyl.

'Ydach chi *yn* fyw, go iawn?'

Ni allai Andres gredu bod y Samariad wedi dod. Pe na bai mewn cymaint o boen byddai wedi gwenu a hyd yn oed chwerthin, er, mi fyddai wedi bod yn boenus. Sylweddolai mai'r ferch fach yma oedd ei unig obaith, felly gwnaeth ymdrech i'w hateb. 'Ydw . . . fwy neu lai.' Swniai ei lais yn gras a phoenus.

'Be sy wedi digwydd i chi?'

Distawrwydd. Be ddywedai wrthi? Yna, atebodd, 'Syrthio wnes i.'

'Dim ond syrthio?'

'Syrthio o ryw fath, ia . . . plîs helpwch fi.'

'Tada, Tada! Mae o wedi brifo'n ofnadwy.'

Daeth y ffermwr i lawr ar ei hôl, ond cadwodd bellter rhyngddo a'r bachgen, fel pe bai arno ei ofn.

'Mae'n rhaid i ni ei helpu o, Tada.'

Ond safai'r ffermwr yn fud ac amheuaeth lond ei

lygaid. Yna trodd at ei ferch, 'Tyrd, dydi o ddim o'n busnes ni.'

'Ond, Tada!'

'Yli, mi rydw i eisiau gosod y stondin yn y farchnad. Rhaid i ni fynd.'

'Ond mae o wedi brifo . . . fath â Tonio.'

'Mae Tonio wedi marw, cariad. Tyrd rŵan.'

'Plîs!' ymbiliai Andres.

'Mae'n ddrwg gen i, ond dim ond ffermwr cyffredin ydw i.'

Mynnai'r fechan ddal ei thir. 'Doedd gan Tonio neb i'w helpu . . . mi fasai o wedi licio i ni helpu'r hogyn yma.'

'Rosa!' Daeth tristwch yn ogystal ag ofn i lygaid y tad. 'Dwyt ti ddim yn deall, cariad.'

'Ond mae o eisiau help, fath â oedd fy mrawd i. Mae Tonio wedi marw, felly mi helpwn ni'r hogyn yma.'

'Ydi, mae o'n debyg i Tonio, ond dim Tonio ydi o. Allwn ni ddim mentro, ddim fel ag y mae pethau rŵan.'

Safai Rosa yn ei wynebu a golwg bwdlyd ar ei hwyneb. 'Rydw i eisiau ei helpu o.'

Trodd y ffermwr ei gefn a dechreuodd gerdded yn ôl at ei fan. Rhedodd Rosa ar ei ôl a chydiodd yn ei fraich.

'Rosa . . .'

'Pam, Tada?'

'Dwyt ti ddim yn cofio'r Cyhoeddiadau ddarllenais i i ti? Os ydi'r awdurdodau ar ôl y bachgen yma, a ninnau'n ei helpu, yna mi fyddwn ni'n fradwyr. Allwn ni ddim herio'r *Junta*, dydi o ddim mo'i werth o.'

'Ond rydach chi'n casáu'r *Junta*, Tada. Nhw laddodd Tonio.' Daliai'r ferch fach ym mraich ei thad. 'Mi wnawn ni hyn er mwyn Tonio!'

'Ond be am y farchnad, Rosa?'

Marchnad? Deffrôdd Andres drwyddo a chododd ei ben oddi ar ei obennydd cerrig. 'San Miguel?' Dechreuodd y gwaed lifo eto trwy'i wythiennau. Roedd y *Marionetas* yn siŵr o fod yn y farchnad gyda'u sioe. Mwmiodd yn ei lais cras, 'Ffrindiau . . . yn y farchnad.'

Clywodd y ffermwr ei gri, ac edrychodd eto ar y corff unig islaw. Oedd, erbyn meddwl, roedd yna ryw debygrwydd i Tonio—y gwallt du trwchus a'r llygaid dwfn. Edrychodd yn sydyn draw ar hyd glannau'r afon rhag ofn bod rhywun yn gwylio, yna meddai wrth ei ferch, 'Cer i nôl y bocs cymorth cyntaf, Rosa, a thyrd â gwin efo chdi. Brysia!'

Gwyrodd y ffermwr ac estynnodd ei freichiau cadarn o gwmpas y corff gwan. Cododd Andres a'i roi i orwedd yng nghysgod y brwyn.

'Ôl bwled? Ynteu wyt ti wedi cael dy guro?'

Ceisiodd Andres wenu. 'Llithro ar groen banana.' Gwingodd wrth i'r ffermwr gyffwrdd ei asennau.

'Iawn, iawn . . . A d'asennau di?' Ochneidiodd. 'Mi rwyt ti angen doctor, a hynny ar frys.'

Roedd Rosa yn ei hôl a bocs du dan ei chesail. Tynnodd ei thad ei gyllell boced i agor ei gaead—roedd yna fandais, lint a photel o *methylated spirit* ynddo. Ond y botel win gynigiwyd i Andres. 'Rydw i'n meddwl y gwnaiff hwn fwy o les i ti na'r bandais.' Tagodd Andres wrth i'r diferion cyntaf lithro i lawr ei wddf, yna cododd y botel yr eilwaith. 'Cymer bwyll.'

Teimlai Andres y gwin yn llifo trwy'i gorff, gan ei sadio fesul tipyn.

O'r diwedd, roedd ymysg ffrindiau. Ni allai gredu'r peth.

Trwy gydol yr holi a'r poenydio a'r arteithio, roedd

wedi llwyddo i gelu pwy oedd o rhag y Tarw a'r Llwynog. Un diwrnod mi fyddai'r awdurdodau'n cydnabod bod rhywun o'r enw Hugo Benedetti ymysg y rhai Wedi Diflannu.

Ond doedd Andres ddim am aros i'r ffermwr a'i ferch ofyn pwy oedd o. 'Fi ydi Andres Larreta, mab Juan Larreta.'

Oedodd y ffermwr ar ganol lapio'r bandais. 'Larreta? Y canwr?' Pwysodd ei gefn yn ôl. 'Roedd y ddamwain yna'n drychineb.' Ysgydwodd ei ben.

'Dydi 'nhad ddim yn farw!' mynnodd Andres. 'Y CNI sy wedi'i gipio fo!'

Gwnaeth y ffermwr arwydd y groes wrth glywed y geiriau olaf. 'Duw a fo gyda fo.' Yna cydiodd yn llaw Andres, ac meddai wrtho, 'Ac i feddwl y gallen ni fod wedi troi ein cefnau ar fab Juan Larreta. Wyt ti'n clywed, Rosa? Mi gei di ddweud wrth dy fam . . .'

Chwarddodd a chododd y botel. 'Mwy o win, Andres. Mi ymuna i efo chdi. Cer i nôl caws, Rosa, a thyrd â chig a bara efo chdi—i ni gael dathlu!

8

Dydd Sul. Mae'n gwawrio. Mae wythnos wedi mynd heibio ers lladd Miguel Alberti. Er nad ydi'r Lluoedd Arfog wedi llwyddo i ddal ffrindiau a chefnogwyr y Llew Arian, mae'r carchardai'n orlawn. Maen nhw wedi arestio gwleidyddion, undebwyr, beirdd, offeiriaid, ysgolheigion, gweithwyr ffatri, newyddiadurwyr, athrawon, gweision fferm a chyfreithiwyr wrth eu miloedd.

Mae nifer helaeth wedi marw eisoes a rhai eraill yn aros am 'driniaeth' gan yr arteithiwr prysur, a strydoedd eto yn aros i gael eu harchwilio gan y milwyr—maen nhw wedi cael gorchymyn pendant i ladd pawb sy'n gwrth-wynebu'r drefn.

Does 'na ddim gwyliau i aelodau'r fyddin, yr heddlu na'r Seciwriti nes bod Hernando Salas, arweinydd y *Résistance*, a'i gyd-droseddwyr yn cael eu harestio. Mae milwyr wedi eu gosod ar bob ffordd sy'n arwain i Santiago, a chaiff yr un cerbyd fynd heibio heb gael ei archwilio.

Mae golwg wedi hen flino ar y milwyr ac y mae diffyg amynedd yn amlwg ar eu hwynebau.

Chafodd Andres erioed daith mor boenus â hon. Gorweddai ar ei hyd ar flanced seimllyd a llond bocsys o lysiau, wyau a ffrwythau o bobtu iddo. Saethai'r boen yn ei fraich a'i asennau wrth i fan Francisco symud o ochr i ochr ar hyd y lôn anwastad.

Roedd hi'n mynd yn boethach bob munud ac aroglai'r nionod mor gryf nes deuai dagrau i'w lygaid. Teimlai'n benysgafn ar ôl yfed y gwin ar stumog wag. Os daw'r fyddin rywle ar fy nghyfyl i, meddyliai Andres, yna mi chwytha i'r oglau nionod a gwin yma i'w hwynebau nhw a'u mygu nhw. Mi sgrialith y *Junta* ddiawl yn ddigon pell oddi wrtha i wedyn!

Nofiai ei feddyliau wrth i'r fan rygnu mynd yn ei blaen.

Be goblyn ydw i'n wneud yn fan'ma?

Be am gân?

Ond mae'r *Junta* wedi gwahardd canu.

I'r diawl â nhw!

Dechreuodd Andres ganu un o ganeuon ei dad oedd wedi ei gwahardd:

> 'Pan ddaw'r Tarw i d'arteithio
> Gan hawlio enw ffrind,
> Paid â chredu dim o'i gelwydd
> Dim un gair o'i enau o . . .'

Clywai Francisco'r canu'n dod o gefn y fan a gwaeddodd ar Andres, 'Taw wir! Mae 'na danciau o'n blaenau ni —mae'r Seciwriti yn aros amdanom ni.'

Ond anwybyddodd Andres ei eiriau, ac ailadrodd,

> 'Am dy waed y mae y Tarw
> Saif gan ruo o dy flaen,
> Ond mi boerwn arno ef a'i debyg
> Ar y moch . . .'

Pan glywodd Francisco'r canu'n ailgychwyn, collodd ei dymer a gwaeddodd yn flin,

'Cau dy geg! Be wyt ti'n feddwl ti'n wneud? Wyt ti eisiau ein lladd ni i gyd?'

Sobrodd Andres ryw gymaint wrth glywed tôn ei lais. Roedd y fan wedi arafu. Ai sŵn milwyr a glywai wrth ochr y fan? Ia! Rhoddodd ei stumog dro a chiliodd pob mymryn o effaith y gwin o'i waed. Gwrandawai'n astud:

'Papurau . . . *Gratias*. Lle ydach chi'n mynd?'

'I farchnad San Miguel, swyddog.'

'A'ch tocyn stondin chi?'

'Efo'r papurau, swyddog.'

Teimlai Andres y chwys yn codi ar ei dalcen fel glaw yn taro gwydr ffenestr, a chlwyai'r gwaed yn byrlymu trwy ei wythiennau. Ond roedd ei wddf yn sych grimp. Daeth awydd tagu drosto. Canolbwyntia! Paid â meiddio tagu!

Meddylia am rywbeth arall—am y blodau glas yn garped yn yr anialwch ar ôl y cawodydd glaw. Gwyrth ynddi'i hun.

'Dim ond llysiau sy gennych chi yn y cefn? Dewch i ni gael gweld.'

'A ffrwythau. A 'chydig o ieir.'

Yn ei feddwl roedd Andres yn ôl yn Nhŷ'r Hwyl, yn nhywyllwch y stafell arteithio.

'Pwy ydi hi?'

'Rosa ydw i.'

'Mae gennych chi ormod o lwyth yn y fan 'ma, ffermwr. Wyddoch chi hynny?' Erbyn hyn roedd rhes o geir wedi dechrau ffurfio y tu ôl iddo. 'Mi ddylwn i gymryd eich enw chi.'

Ymbiliodd Francisco, 'Mae hi'n galed arnom ni. Os na wertha i bob dim sy gennym ni . . .'

'Tada, sbïwch! Mae 'na siarcs fel dywedodd Tonio.' Roedd Rosa wedi codi o'i sedd ac wedi neidio allan o'r fan gan bwyntio draw.

Trodd Francisco a'r milwr eu pennau i edrych. 'Fan'cw! Fan'cw!' meddai wedyn i dynnu eu sylw. Pe baen nhw wedi edrych dan eu trwynau mi fydden nhw wedi gweld troed Andres yn ymwthio allan o'r gwellt. Gwenodd y milwr. 'Ia, tawn i'n marw. Mae hi'n iawn!' Roedd lorri wedi cael ei stopio yr ochr bellaf i'r Avenida i gael ei harchwilio, ac roedd siarcod a morfil bach, ynghyd â physgod eraill hefyd ar ei thu ôl. 'Siarcs ydi'r rheina reit siŵr, 'mechan i,' chwarddodd y milwr. 'Ond eu bod nhw wedi cael eu stwffio. O leiaf wnân nhw ddim brathu dy fraich di i ffwrdd.' Yna gwaeddodd ar yrrwr y lorri, 'Mynd â nhw'n ôl i'r Môr Tawel, ia?'

Methai'r gyrrwr â chwerthin ar ben y jôc. Allai o

ddim—dim â gwn yn ei wyneb. 'Mynd â nhw i'r oergell ydw i,' atebodd yn nerfus.

'O ble felly?'

'O'r Amgueddfa Dreftadaeth. Mae hi wedi cael ei chau.'

Erbyn hyn roedd y milwr wedi colli diddordeb yn yr hen fan a'i chynnwys. Gafaelodd yn Rosa a'i chodi i'r awyr a'i phlannu yn ôl yn ei sedd cyn troi at ei thad, 'Ewch reit handi 'ta!'

Llithrodd Andres wrth i'r fan ailgychwyn a gwelai ogof fawr dywyll yn agor o'i flaen. Ydw i'n cysgu—ynteu oes rhywbeth gwaeth yn f'aros i? Brifai'r fraich oedd wedi'i hanafu. Gallai deimlo'i hun yn llithro . . . yn llithro . . .

Dal yn sownd. Mae'n rhaid i ti.

Rydw i'n marw.

Dal d'afael. Ond yn beth? Rydw i'n mynd . . . Yna'n sydyn cafodd nerth o rywle wrth i eiriau un o ganeuon ei dad atseinio yn ei ben:

> 'Bûm yn teithio yn y ddinas
> a dyhead 'mhobl oedd
> I gael y gwir, ia'r gwir,
> Pawb yn awchu am y gwir.'

Roedd sgwâr enfawr San Miguel yn llawn dop o stondinau. Serennai'r canfas lliwgar dan wres yr haul.

'Andres—alli di godi?'

'Rydw i'n meddwl 'i fod o'n cysgu, Tada.'

'Does gennym ni ddim dewis ond ei symud o neu mi fydd o wedi chwysu chwartiau yng ngwres yr haul 'ma, ac wedi llewygu. Be fasen ni'n wneud wedyn?'

Teimlodd Andres ddiferion o ddŵr yn dawnsio ar ei wyneb. Llyfodd ei wefusau a throdd ei wyneb rhag yr haul. Er syndod iddo clywai ei lais ei hun yn sibrwd, 'Helpwch fi—mi a' i o 'ma rywsut.'

'Yli, gwisga'r trowsus yma. Ara deg rŵan. Pwysa arna i, a rho dy fraich ar f'ysgwydd i. Dyna chdi.'

'Ond mae gen i drowsus.'

Wnaeth Francisco'r un ymdrech i'w ateb, yn hytrach canolbwyntiodd ar dynnu'r trowsus oedd yn fwd ac yn waed drosto ac wedi'i rwygo mewn sawl man.

'Ond alla i ddim talu i chi . . .'

'Tyrd yn dy flaen, y siaced rŵan. Dydi'r lliwiau ddim yn mynd efo'i gilydd, ond o leiaf does 'na ddim gwaed arnyn nhw.'

'Rydw i'n iawn rŵan.'

Ceisiodd godi ei fraich ei hun, ond methodd. Gafaelodd Rosa ynddi a'i gwthio'n ofalus i mewn i'r llawes.

'Mi adawn ni'r fraich arall, Rosa. Tafla'r gôt dros ei ysgwydd o.'

'Mi fydda i'n iawn.'

Ond doedd o ddim yn iawn. Wrth godi ar ei draed disgynnodd ei goesau'n glewt oddi tano. Doedd dim amdani ond ei lusgo at ochr y fan.

'Ydi o'n mynd i farw, Tada? Plîs peidiwch â gadael i hynny ddigwydd!'

Ai dyma'r diwedd? Dydi 'nghoesau i ddim fel petaen nhw'n perthyn i mi rhagor. Ond mae fy llygaid i'n dal ar agor. Er, mae pobl yn gallu marw a'u llygaid ar agor. Felly roedden nhw yn y chwarel.

Ond siawns nad ydi rhywun yn marw'n gynt na hyn.

Yn y niwl o flaen ei lygaid gwelai ragor na dau wyneb yn syllu arno. Gwelai Francisco a Rosa, gwelai griw o stondinwyr, ffermwr tywyll ei groen, hen wraig mewn siôl ddu, hogyn ifanc, a hen ŵr. Symudai'r bobl yn ôl a blaen, o ochr i ochr.

'Os ydi o'n trio dianc, Francisco . . .'

'Dim ond wedi cael damwain mae o.'

'Wedi cael ei guro, wyt ti'n feddwl.'

'I farwolaeth, y creadur bach.'

'Cuddia fo. Mae'r lle 'ma'n berwi o'r Berets Duon.'

'A mae'r moch Seciwriti 'na'n cerdded o gwmpas y stondinau yn eu dillad eu hunain.'

'Fydd hwn ddim yn mynd yn bell.'

'Eith o ddim o fan'ma, os wyt ti'n gofyn i mi.'

Tawodd y sibrwd mewn eiliad. 'Mab Juan Larreta ydw i —mab Juan Larreta!'

'Taw, Andres.'

'Ond mae o'n wir. Er, yn ôl y *Junta*, rydw i wedi marw'n barod. Felly gadewch i mi farw'n dawel yn fan'ma.'

Wyddai neb beth i'w ddweud nesaf. Safai pawb yn fud ac yn hollol lonydd o'i gylch. Roedd yr enw Juan Larreta wedi rhoi taw ar y mân siarad ac wedi creu rhyw awyrgylch ddieithr. Mentrodd un ohonynt gam tuag ato ac estynnodd rhywun arall ei law iddo. Teimlodd Andres rywun yn taro'i gefn yn ganmoliaethus. 'Bendith arnat ti.'

'Pob lwc i ti, fab Juan Larreta.'

'Mi fûm i'n gweithio i lawr y pyllau ac mi roddodd Larreta gyngerdd am ddim i ni pan gaewyd ni allan gan y rheolwyr.'

Yna roedd potel win wrth ei wefusau, ac er ei fod yn dal yn chwil ers y gwydraid diwethaf a gynigiwyd iddo gan Francisco, cymerodd lymaid rhag brifo'u teimladau. '*Gratias.*'

'Cadwa'r botel â chroeso.'

125

Yna dechreuodd pawb ysgwyd ei law cyn dychwelyd at eu stondinau.

'Andres,' meddai Francisco, 'mae'r bobl yn dechrau dod. Mi fyddwn ni'n brysur rŵan, felly mi a' i â chdi i'r fan i orffwyso. Iawn?'

Doedd ganddo ddim dewis ond ufuddhau. Cariwyd ef i'r cab ac eisteddodd Andres a'i benliniau wedi'u plygu, a'i fraich uwch ei ben i gysgodi'r haul rhag ei wyneb. Rwyt ti'n dal yma, Andres, paid â mynd i gysgu yng ngwres yr haul, da chdi. Disgynnai ei ben fesul tipyn wrth i'r haul dreiddio i mewn trwy'r gwydr. Cofia fod gen ti waith i'w wneud, ac mi fydd Beto ac Isa yn disgwyl amdanat ti. Ond roedd ceg yr ogof yn ei wahodd . . .

'Tada! Tada!' Daeth Rosa i'r adwy unwaith eto gan gadw Andres draw o grafangau angau. 'Tada, mae 'na bypedau yn fan'cw! Plîs, plîs ga i fynd i'w gweld nhw? Mae 'na sgerbwd rhyfedd . . . ac mae'i ben o'n neidio i fyny ac yn taro'r dyn yn ei ben bob tro. Plîs, Tada?'

Pypedau? Ciliodd yr ogof a'i thywyllwch a deffrôdd Andres trwyddo.

'Isa . . .'

Trodd ar ei fraich wan a symudodd ei amrannau. Gloywai gobaith lond ei lygaid. Isa! Yr eiliad nesaf roedd o yn y ffenestr yn gweiddi ar Francisco.

'Francisco—Francisco, *por favor*!'

'Gorffwysa, 'ngwas i.'

'Ond y pypedau . . . *Los Gemelos*, fy ffrindiau i . . .'

'Mae'n rhy beryg i ti symud!'

'Ond dyma f'unig obaith i. Geith Rosa fynd â fi, plîs!'

'Sut elli di a chditha fel rwyt ti?'

Roedd Andres fel petai wedi'i aileni. 'Mi faswn i'n gallu neidio dros El Plomo ar un goes! Gadewch i mi drio!'

126

Daeth Francisco at y fan ac agorodd y drws. Yna gafael-odd am ei ganol. 'Mi geith El Plomo aros nes byddi di'n gallu anelu'r ddwy droed i'r un cyfeiriad. Yli, rho dy bwys arna i.'

Blasai Andres y gwin wrth iddo gael ei lusgo ar ei draed. Teimlai'r byd yn nofio o'i flaen a siglai'r ddaear o dan ei draed.

'Wyt ti wedi sadio rŵan?' holodd Francisco wrth ollwng ei afael ynddo. Gwyrai Andres fymryn i'r ochr ond daliai ei hun orau y gallai, rhag syrthio. 'Rosa, tyrd i afael ynddo, ddaw o ddim gwell na hyn.'

Doedd dim rhaid gofyn eilwaith, roedd Rosa wrth ei ochr mewn chwinciad, a daliai ei law yn dynn, dynn. 'Barod, Andres?'

'Cymer di bwyll, wyt ti'n clywed—pwyll a gofal!'

'Mi wna i, Tada.'

'Bendith arnoch chi, Francisco. A diolch.'

'Duw a fo gyda thi, fab Juan Larreta.'

Sut ydw i am fynd? Alla i gerdded y llwybr olaf yma heb syrthio dros y dibyn tywyll ac i mewn i'r ogof? Symud, Andres, tyrd, un droed ar y tro. Y llall rŵan. Dyna ni. Dechrau eto—un droed, dyna chdi, y llall rŵan.

Ond mae'r boen yn fy lladd i . . .

Mae 'mhen i'n troi. Mae 'nghalon i'n curo. Mae 'nghorff i'n ysgwyd. Er 'mod i'n chwysu chwartiau, rydw i bron â rhynnu. Rydw i'n teimlo ergyd pastwn, ond wela i neb. Am ba hyd y pery f'asennau i cyn dymchwel yn un domen y tu mewn i mi? Mae fy nhu mewn i'n teimlo fel consertina Horacio.

Fyddai o ddim wedi mynd fawr pellach na'i ddau gam cyntaf oni bai bod Rosa wrth ei ochr. Roedd hi wedi'i arbed rhag syrthio o leiaf hanner dwsin o weithiau. Hi oedd y dur yn ei esgyrn a'r gwaed yn ei wythiennau; dilynai Andres ei symudiadau gan arafu pan arafai ac oedi pan oedai. Stryffaglai'r ddau trwy ganol y stondinau a'r sŵn a'r chwerthin. Pwy feddyliai bod cannoedd yn cael eu lladd yn Santiago y funud hon? A phwy ddychmygai'r sgrechiadau hunllefus yn y cawodydd o dan y stadiwm, neu yn y selerydd o dan Stryd Londres, neu ar y llawr uchaf yn yr Academi Filwrol, neu yn y llongau carchar ger Valparaiso?

'Dacw nhw, Andres! Mae 'na estrys llwglyd ganddyn nhw rŵan. Yli, mae o'n pigo trwyn y ddynes yna.' Chwarddai'r plant a'r bobl fel ei gilydd wrth weld yr olygfa o'u blaenau. Welai Andres ddim oll trwy'r niwl o flaen ei lygaid, ond fe glywodd y cyfan. O'r diwedd. Rydw i'n ôl. Rydw i wedi'u trechu nhw. Rydw i'n ôl efo ffrindiau, efo'r rhai rydw i'n eu caru. Ia, eu caru.

'Compañeros!'

Cododd Beto ei lais wrth i Orlando'r Estrys fynd trwy'i bethau. 'Rŵan 'ta, rho di drwyn y señora yn ôl, y funud 'ma. Tyrd, y gwalch bach, gollwng o, poera fo allan!'

Sŵn chwerthin mawr a phennau'n ysgwyd.

'O diar, mae'r trwyn wedi diflannu. Lle goblyn mae o wedi mynd? Be wnewch chi heb eich trwyn, Señora? Be sychwch chi efo'ch hances boced?'

'Rosa?' Ni allai Andres ddal rhagor. 'Rydw i'n meddwl 'mod i'n . . .' Teimlai ei goesau'n rhoi oddi tano, ond daliai Rosa ei gafael ynddo fel cranc. 'Oes 'na fan yn rhywle lle maen nhw'n cadw'r pypedau . . .?' Dechreuodd grynu. Ceisiai ei reoli'i hun ond methai.

'Oes, mi wela i hi. Ydach chi eisiau i mi . . .?'

'Ydw.'

Daeth sŵn chwerthin mawr o'r dorf wrth i Orlando

blannu ei big mawr ar glust y *señora*. 'Am glust fen-di-gedig! Gwell hyd yn oed na'r danteithion ar fwrdd bwyd y Cadfridog!'

'Helpa fi at y fan, Rosa.'

Curodd pawb eu dwylo wrth glywed enw'r Cadfridog yn cael ei grybwyll, llywydd anetholedig Chile.

Yna mentrodd llais o'r dorf. 'Ydi o'n cael amser i fwyta? Ynteu ydi o'n rhy brysur yn trefnu ymweliadau â Thŷ'r Hwyl?'

Bloeddiodd y bobl eu cymeradwyaeth.

'Dydi'r fyddin ddim wedi bwyta ers wythnos wrth ei bod mor brysur!'

Oedodd Beto wrth sylweddoli'r cynnwrf yr oedd o wedi'i greu ymysg y dorf. Am a wyddai o, efallai bod yna aelod o'r Seciwriti yn eu canol yn gwrando ar y cwbl. Edrychodd mewn syndod pan welodd y pyped nesaf yn cael ei dynnu o'r fan.

'Dim Zuckero!'

'Ia—Zuckero!' atebodd Isa. Dawnsiai'r Cadfridog o flaen y bobl, yn ei siwt grand a'i fedalau'n sgleinio yn yr haul.

Roedd y ddau efaill wedi dadlau'n frwd yn y felin ynglŷn â Zuckero. 'Faint elwach fyddi di o'i ddangos o i'r bobl? Ddaw o ddim ag Andres yn ôl.'

Ond mynnai Isa, 'Mae'n rhaid i ni wrthsefyll y drefn. Os na wnawn ni, yna mi fyddwn ni'n ei derbyn hi, yn byddwn?'

'Ond dydw i ddim eisiau mynd i'r carchar.'

Gwenodd Isa wrth ateb, 'Mi adawn ni injan y fan yn troi!'

Ond roedd y dyrfa yn amlwg wedi gwirioni. Cododd y

Cadfridog ei law i'w cyfarch ac wrth wneud taflodd ei helmed oddi ar ei ben.

'Rhag eich cywilydd, Gadfridog.' Gosododd Isa gap milwrol yn lle'r helmed a disgynnodd honno dros ei lygaid.

'Arestiwch y cap yma ar unwaith!' sgrechiodd. 'Gwnewch iddo dalu'n hallt am ei drosedd. Mae o wedi bradychu'r Weriniaeth.'

Roedd y gwylwyr yn eu dyblau. Ond syllai Beto i'w canol: oedd yna fradwr yn eu mysg?

Daeth her o'r gynulleidfa, 'Be sy gen ti'n newydd i ni heddiw 'ta? Faint o wragedd wyt ti wedi'u gwneud yn weddwon heddiw?'

Cododd y Cadfridog ei gleddyf yn wyllt i'r awyr ac wrth wneud hynny, aeth yn sownd yn ei fedalau. 'Digywilydd! Mi fyddwch chi'n diolch i mi un diwrnod am gael gwared o'n gelynion. Ac i mi a neb arall y byddwch chi'n diolch am arbed Chile rhag cael ei dinistrio.'

'Rhag Democratiaeth ydach chi'n feddwl,' daeth yr ateb.

'Yn hollol! Rhag yr eithafwyr a'r beirdd a'r offeiriad celwyddog. Ac i gael gwared o flerwch a gwalltiau hir a budreddi, yn enwedig y teip sy'n argraffu taflenni ac yn eu glynu nhw ar ben fy Mhroclamasiwn i . . .'

'Gyfeillion!' galwodd rhywun o ganol y dorf, 'tynnu ein coes ni mae'r Cadfridog, dim cadfridog ydi o, ond Siôn Corn!'

Oedodd Isa wrth i bwl o chwerthin ddod drosti. Symudodd ei bysedd i wneud i ben y pyped symud i fyny ac i lawr er mwyn dangos ei fod yn cytuno! 'O hyn allan, bobl, mi fydd pob diwrnod yn ddydd Nadolig—ac i mi mae'r diolch!'

'Dywedwch wrthym ni 'ta, be fydd yn eu hosan Dolig nhw yn Nhŷ'r Hwyl?'

Dwysaodd y tawelwch yng nghornel y farchnad wrth i bawb ddisgwyl am ateb. 'Dewch, dywedwch wrthym ni!'

Cofiai Isa am ei rhieni a ffrindiau eraill Wedi Diflannu. Ac wrth gwrs am Andres. Daeth rhyw gythraul iddi ac atebodd yn llawn hyder.

'Yn eu hosan Dolig, ddywedsoch chi, *Señor*? Os ydach chi'n mynnu cael gwybod yna mi ddweda i wrthach chi —trydan!' Allai hi fyth anghofio am Andres, ac ychwanegodd, 'Ac nid yn unig yn eu hosanau nhw, ond trwy'u bodiau nhw hefyd!'

Saethodd ias o ofn a chyffro trwy'r dorf wrth glywed y geiriau olaf. Gwyliodd Isa'r wynebau'n troi ac yn edrych ar ei gilydd, ond ar yr un pryd gwelodd gynnwrf yn disgleirio yn eu llygaid. Doedden nhw ddim wedi clywed geiriau mor fentrus ers llawer dydd.

Manteisiodd Andres a Rosa ar y tyndra a'r tensiwn o'u cwmpas i sleifio trwy ganol y dorf am ddrysau agored y fan. 'Dyma ni, Andres.' Wrth deimlo gwefusau tyner Rosa ar ei foch, teimlai Andres ei fod o'r diwedd wedi cyrraedd yr ogof lle câi lonydd i gysgu'n dawel am hir, hir. Gwthiodd Rosa ef draw i ganol y pypedau. Rydw i'n ôl, ffrindiau, ond 'mod i angen llinynnau newydd. Gwelodd Rosa hen garped ar un ochr i'r fan, a gwthiodd ef, orau y gallai, o dan ei gefn. Yna gafaelodd mewn blanced a thaenodd honno drosto.

Ar ôl rholio tamaid o ddefnydd yn obennydd iddo, rhoddodd ei chusan olaf iddo. 'Mi oedd ein Tonio ni'r un fath yn union â chdi—a rydw i'n ei golli o . . .' Trodd Rosa a llithrodd allan yn dawel o gefn y fan. 'Diolch,

Rosa, diolch, diolch,' sibrydodd Andres, a chlywodd y drysau'n cau ar ei hôl.

Roedd cryn gynnwrf yn y dorf erbyn hyn. Roedd y bobl wedi llwyr ymgolli yn y pyped o'u blaenau, gan saethu eu cwestiynau ato fel pe bai'n berson o gig a gwaed. Lle'r oedd aelodau o'u teuluoedd wedi mynd? Pam oedd cyrff yn cael eu canfod ar lannau Afon Maipo? Pwy laddodd y Llew Arian? Ai'r CNI laddodd Miguel Alberti? Pwy oedd yn lladd y bobl oedd yn cael eu cadw yn y stadiwm yn Santiago?

Pam oedd y prifysgolion yn cael eu cau? Heb sôn am yr ysbytai i'r tlawd a'r ysgolion meithrin? Lle mae fy ngŵr i? Lle mae fy mab i? Lle mae fy nhad i?

Roedd y bobl fel pe baent wedi closio at ei gilydd ac wedi magu mwy o blwc nag a deimlwyd o'r blaen. Ond yna daeth gwaedd o rybudd gan y rhai a safai ar gwr y dorf. 'Gwyliwch—mae'r heddlu'n dŵad!'

'Well i ti hel dy draed, *Gemelos*,' meddai Beto'n frysiog wrth Isa, 'neu mi fydd hi ar ben arnom ni!'

Prysurai dau heddwas, a gynnau yn eu meddiant, tuag at y dorf gan wthio'u ffordd trwy brysurdeb y farchnad. Taflwyd un wraig a llond basged o wyau i'w chanlyn, a gwaeddai honno ar eu holau gan godi ei dyrnau'n flin. Ond yn gwbl ofer. Fe'i hanwybyddwyd hi'n llwyr.

Rhedodd Isa a Beto i'r fan â'u gwynt yn eu dwrn gan daflu'r pypedau rywsut rywsut i'r cefn nes bod y llinynnau ar draws ei gilydd i gyd. Yn y cefndir clywent y ddau heddwas yn gweiddi ar y bobl. Deuent yn nes ac yn nes bob eiliad. Doedd dim amser i'w wastraffu.

Ond safai'r dorf yn ei hunfan yn dal i sawru'r awyrgylch a grewyd gan Isa. Roedd ei hyfdra a'i geiriau beiddgar wedi codi ysbryd a chalonnau'r bobl, ac yn lle cilio i wneud llwybr i'r heddlu yn ôl eu harfer, closiodd pawb yn nes at ei gilydd, yn un teulu mawr. Yna, penderfynodd y gŵr oedd wedi herio'r Cadfridog Zuckero, mai ef fyddai'n rhoi'r sioe nesaf: neidiodd a sgrechiodd mewn poen, nes bod ei freichiau'n troi fel melin wynt.

'Doctor, doctor! Ewch i nôl doctor!'

'Doctor! Doctor!' Gwaeddodd rhywun arall ar ei ôl. Yn sydyn roedd pawb yn awyddus i helpu. Troesant at yr heddlu. 'Help! Mae epilepsi ar y gŵr yma!'

'Mi gafodd o'i daro'n sydyn!'

'Gwnewch le i ni ddod trwodd!' gorchmynnodd yr heddwas.

'Fan'ma, swyddog. Mae o'n anymwybodol.' Ffurfiwyd llwybr cul i'r ddau heddwas gerdded trwodd ac yna caewyd amdanynt yn un cylch.

'Rhowch gusan bywyd iddo fo, swyddog!'

Neidiodd Beto i'r fan a chydiodd yn y llyw, yna taflodd gipolwg sydyn yn ei ddrych a gweld bod y dorf wedi ymffurfio'n fur rhyngddo ef a'r heddlu. Rhoesai hynny rai eiliadau'n ychwaneg iddo benderfynu pa ffordd yr âi oddi yno. Yn union o'i flaen, gwelai rai o'r stondinwyr yn symud i greu lle iddo. Heb oedi eiliad yn rhagor, taniodd y fan, sodrodd hi yn y gêr cyntaf, ac i ffwrdd â fo.

Sgrialodd am ei fywyd trwy weddill y farchnad gan yrru fel gwallgofddyn nes gwelodd yn ei ddrych fod y stondinau yn pellhau y tu ôl iddo. Arafodd fymryn a throdd at ei chwaer, 'Isa, dwyt ti ddim hanner call!' Oedodd cyn ychwanegu, 'Ond rydw i'n falch ohonot ti!' Gwelai'r dorf yn dal i sefyll yn y farchnad a merch fach unig yn codi ei llaw ac yn gweiddi rhywbeth trwy'i dagrau. 'Wyddost ti be, Isa? Oni bai amdanyn nhw, wn i ddim be fyddai wedi digwydd i ni. Fe achubon nhw ein bywydau ni.'

Roedd gwrid ar wyneb Isa a gwasgai ei dwylo'n dynn ar ei glin. 'Mi rwyt ti'n iawn, Beto. Roedden nhw y tu cefn i ni gant y cant. Mae o'n profi ein bod ni'n gallu ymladd yn ôl!'

'Welaist ti'r effaith gafodd Zuckero arnyn nhw!' Tarodd ei law ar y llyw. 'Mi lwyddon ni, on'do Isa!'

'Biti na fyddai Andres wedi bod efo ni.'

'Ia, mi fyddai wedi sgwennu cân amdanom ni, mi fentra i.'

Roeddent ar gyrion gorllewinol y ddinas pan welodd Beto eu bod nhw'n ymuno â rhes o gerbydau oedd yn cael eu hatal gan y milwyr. 'Wel, does gennym ni ddim byd i'w guddio y tro yma o leiaf,' meddai Beto.

'Ond . . .' dechreuodd Isa.

Nesaodd dau o'r Berets Duon a safodd y ddau o boptu drysau'r fan. 'Lle ti'n mynd, pishyn?'

Beto atebodd. 'I San José.'

'Dim efo chdi ro'n i'n siarad, y ffwlbryn, ond efo'r ferch yma.'

Ymdrechodd Isa i wenu. 'Ia, ffwlbryn ydi o. Mynd i San José rydan ni.'

'Mae gennym ni well adloniant i gynnig i ti heb i ti symud cam o Santiago, cyw.'

Edrychodd Isa arno heb gynnig ateb, ac edrychodd y milwr yn ôl arni hithau. 'Wyt ti'n meddwl dy fod ti'n rhy dda i filwr cyffredin, wyt ti?'

Trodd hithau ato gan ateb yn ddigynnwrf, 'Does neb yn well na'i gilydd, swyddog.'

'Dim ond milwr bach cyffredin ydw i, cariad.'

'Be am i ni barchu ein gilydd 'ta?'

'Dywed ti hynny wrth ein pennaeth ni, *Señorita*. Mae

134

o'n ein trin ni fel baw.' Tarodd y milwr ei wn ar ochr y fan.

Ond daliai'r milwr arall i syllu'n sarrug. 'Pam ydach chi'n mynd i San José?'

'Sioe i blant sy gennym ni—efo pypedau.'

'Dim cabaret?' gofynnodd y milwr arall gan wincio. 'Neu dynnu dillad . . . !'

'Dim ond pypedau—estrys, a sgerbwd sy'n dawnsio.'

'Oes 'na deithwyr yn y cefn?' holodd y llall.

'Nac oes,' atebodd Beto yn dalog. 'Dim hyd y gwn i beth bynnag.'

Roedd y gynffon ceir tu ôl iddynt yn prysur dyfu ac er i'r milwr cyntaf gamu'n ôl i wneud lle iddynt fynd rhag-ddynt, mynnodd yr ail filwr surbwch archwilio'r cefn.

'Gawn ni weld,' meddai a cherddodd am y cefn. 'Mae eu hanner nhw'n hongian allan.'

Pwniodd Isa benelin ei brawd i'w atgoffa y byddai'n rheitiach iddo neidio allan i sefyll gerllaw tra chwiliai'r milwyr trwy gynnwys y fan.

Gwelodd fod mwyafrif y llenni yn gorwedd dros blât rhif y fan. Ond doedd ganddo ddim i'w guddio nac achos i gynhyrfu, felly cododd ei ysgwyddau ac meddai, 'Pethau rhyfedd ydi pypedau, maen nhw fel pobl—os na chân nhw gymeradwyaeth gan y gynulleidfa, maen nhw'n colli arnyn nhw'u hunain ac yn dechrau taflu pethau i bob man.'

Heliodd y milwr y llenni at ei gilydd a'u gwthio'n ôl i'r cefn a phan oedd ar fin edrych i mewn, sylwodd fod Isa wedi camu allan at ochr ei brawd. Syllodd ar ei choesau brown, hir ac i fyny ar hyd ei chorff siapus, deniadol. Pishyn, yn wir!

Roedd tagfa hir o geir y tu ôl iddynt erbyn hyn.

Caeodd ddrws y cefn a dilynodd Isa, a phob symudiad o'i heiddo, i du blaen y fan. Neidiodd i fyny a chaeodd yntau'r drws ar ei hôl, wedi'i swyno'n lân. 'Ella y ca i wên fach cyn i ti fynd, *Señorita*?'

Gwenodd Isa a gloywodd llygaid y milwr.

'Iawn,' meddai heb dynnu ei lygaid oddi arni. '*Vamoos*!'

Ni wyddai Beto ac Isa p'run ai gorfoledd ynteu sioc a wnâi iddynt grynu wrth i'r fan adael y ddinas. Eisteddodd y ddau heb yngan gair nes i Beto darfu ar y tawelwch.

'Wn i ddim be wnaeth i mi ymddwyn mor haerllug efo'r milwyr,' cyfaddefodd. 'Mi fasai wedi gallu bod yn ddigon amdanom ni.'

'Basai. Ond wyddost ti be, mi roeddat ti'n wych!' Chwarddodd Isa'n uchel cyn ychwanegu, 'A chdithau'n dweud bod y pypedau'n mynd o'u coeau weithiau ac yn cicio pethau hyd bob man!'

'Ond mi roedd o'n fy nghredu i, dyna'r jôc!'

'Doeddat ti ddim yn cofio am Zuckero, Beto?'

'Nac oeddwn,' atebodd, 'ond welson nhw mohono fo, mae'n rhaid.'

Troellai'r ffordd o'u blaenau o gylch yr afon a'r caeau. Bron na allai'r ddau deimlo'r aer yn newid ac yn ysgafnu wrth gilio oddi wrth y ddinas.

'Wyt ti'n gwybod ein bod ni'n agos i'r lle . . .'

'Ydw. Mi arhoswn ni yno am dipyn,' atebodd Isa.

'Os mai dyna dy ddymuniad di.'

Wrth i'r fan arafu ar ffordd San José, prin y gallai'r ddau gredu mai dim ond saith diwrnod oedd wedi mynd heibio er iddyn nhw gyfarfod Andres. Teimlai fel oes. Yna wedi mynd heibio i'r fan lle gwelsant Chevy Juan Larreta'n llosgi ar lannau Afon Maipo, stopiodd Beto'r fan.

Roedden nhw wedi cyrraedd yr union leoliad lle safai Andres ar ochr y ffordd.

'Be am i ni gael ein cinio yma?' cynigiodd Beto. Roedd o wedi parcio'r fan wrth ymyl hen chwarel gerllaw.

Camodd Isa allan ac ochneidiodd yn dawel, 'Alla i ddim credu bod hyn i gyd wedi digwydd i ni.'

'Eistedd, Isa,' meddai Beto'n addfwyn, 'mi a' innau i nôl y bwyd.' Wrth iddo estyn y bara, trodd ei ben a gwelodd Isa'n cerdded i fyny'r llethr am y chwarel. Eisteddodd yno a rhythodd ar y dyffryn islaw.

Cerddodd Beto draw ati ac eisteddodd wrth ei hymyl. Allai neb wadu nad oedden nhw wedi gwneud eu gorau i wrthsefyll y drefn oedd ohoni: ond doedd hynny ynddo'i hun ddim yn ddigon rywsut. Y gwir amdani oedd bod un peth, neu a bod yn fanwl, un person ar goll, sef Andres.

'Isa druan!' a cherddodd Beto yn ei ôl am y fan.

Chwythai awel y wlad trwy wallt Beto ac i mewn trwy ddrysau agored y fan. Yna'n sydyn dechreuodd y corff llonydd yn y cefn ystwyrian. Anwylai'r chwa ysgafn groen dolurus Andres nes peri iddo adfywio. Doedd o ddim yn farw—eto.

Agorodd fymryn ar ei lygaid a synhwyrodd olau a glesni'r awyr o'i gwmpas.

'Oes 'na rywun . . . yna?' murmurodd.

Cafodd y sibrwd tawel yr un effaith ar Beto a phe bai rhywun wedi tanio ergyd gwn yn ei glust. Safodd yn stond a sythodd ei wddf fel aderyn. Yna trodd yn drwsgl a neidiodd i mewn trwy'r drws ffrynt a syllodd i'r cefn. Doedd bosibl . . . Yna agorodd ei geg fwy fyth, os oedd hynny'n bosibl. Saethodd allan a thynnodd yn handlen y drysau cefn fel dyn gwyllt.

'Y llenni . . . doedd ryfedd yn y byd eu bod nhw ar hyd bob man . . .'

Agorodd y drysau led y pen a daliodd Beto'i freichiau allan i gofleidio'r pyped byw.

Gafaelodd ynddo a'i wasgu'n dynn. Ond fu o fawr o dro cyn sylweddoli'r boen a achosai, a llaciodd ei afael yn syth. 'O'r mawredd, be maen nhw wedi'i wneud i ti'r hen gyfaill?'

'Isa, lle mae hi?'

'Cymer bwyll. Gafael yn fy ngarddwrn i. Dyna chdi. Iawn. Mi rwyt ti'n anadlu o leiaf!'

'Ydw, gyda thrafferth.'

'Pwysa arna i.'

'Isa?'

'Paid â phoeni. Mae hi'n aros amdanat ti.'

'Os gwna i bara . . .'

'Gwnei siŵr. Mae'n well i ti wneud!'

Llwyddodd Andres i godi ar ei draed, ond gwyddai mai cryfder a nerth Beto oedd yn ei gynnal.

'Elli di gerdded, Andres?'

'Mi dria i.'

Daeth dagrau i lygaid Beto. Roedden nhw efo'i gilydd eto, y tri ohonyn nhw. 'Mi fendiwn ni chdi, gyfaill. Mae Isa'n nyrs dda.' Cerddai gan ysgwyd ei ben, mewn anghrediniaeth lwyr. 'Alla i ddim credu'r peth . . .' Ymbalfalodd y ddau tuag at Isa.

'Mae fan'ma'n ddigon agos, Andres.'

Llifai'r dagrau heibio'r wên ar wyneb Beto wrth i'r ddau oedi ychydig gamau y tu cefn i Isa. Roedd hi â'i chefn atynt a'i phen wedi'i gladdu yn ei phenliniau.

Yna cododd ei phen gan rythu a gwrando ar ruthr dŵr Afon Maipo islaw. Cododd ar ei thraed, ond ni throdd.

138

Treiglodd y deigryn olaf i lawr grudd Andres, a diflannodd pob arlliw o dristwch o'i wyneb.

Byrlymai balchder yng nghalon Beto, ond gadawodd i Andres dorri'r newydd da i'w chwaer.

'Isa, rydw i'n ôl!'

Epilog

Mae stadiwm Santiago yn llawn dop wrth i'r dyrfa ddisgwyl i'r ddau dîm yng nghystadleuaeth Cwpan y Ddau Hemisffêr ddod ar y cae. Mae 'na hen ddisgwyl wedi bod er bod y gynulleidfa wedi cael ei diddori yn y cyfamser gan fand milwrol a band y Llynges a'r Llu Awyr, heb sôn am arddangosfa liwgar y *majorettes* Americanaidd eu naws.

Pwy fasai'n meddwl bod miloedd o garcharorion wedi bod dan glo yma? Does yna'r un arwydd o'r arteithio hunllefus fu'n digwydd yn y stafelloedd newid, na'r curo creulon fu ar hyd y coridorau hirion, na'r tywallt gwaed diddiwedd.

Nac oes, does yna ddim rhithyn o dystiolaeth i'w gael yn unman.

Mae'r stafelloedd newid fel pin mewn papur a'r cawodydd yn lân, a phob diferyn o waed wedi diflannu i lawr y gwterydd.

Mi fyddai'n hawdd taeru na ddigwyddodd dim o'r fath beth. Ond dydi pethau ddim wedi newid—felly'n union yr oedd hi wedi llofruddiaeth y Llywydd Allende yn

139

1973. Mi fynnwyd bryd hynny mai celwydd noeth oedd y straeon ar led am y *Junta*.

Hen fyd celwyddog ydi o.

Dyma nhw'n dod trwy'r twnnel! Mae yna groeso mawr a churo dwylo wrth i dîm Chile ddod i'r fei, ac mae'r curo dwylo'n parhau wrth i dîm Lloegr eu dilyn. Croeso digon tebyg gafodd Miguel Alberti, y Llew Arian, a phe bai'r athronydd a'r bardd hwnnw wedi llwyddo i ennill llyw-yddiaeth Chile mi fyddai'r cadfridogion a'u criw wedi gorfod hel eu pac ers tro. Ond nid felly'r oedd hi i fod—mi ddygwyd y cyfan oddi arno oriau'n unig cyn ei awr fawr. Y *Junta* felltith!

Dyma'r anthem genedlaethol gyntaf yn cael ei chwarae, a daw Is-Lywydd y Weriniaeth, pennaeth llynges Chile, i gyfarch y timau. Gydag ef mae Llysgennad Prydain sy'n gyfaill agos i'r teulu Zuckerman.

Sut lwyddon nhw i gelu'r cwbl? Fyddai neb yn credu bod llond tryciau o garcharorion wedi cael eu cludo i wersylloedd carchar ar hyd a lled Chile, o anialwch y gogledd i ynysoedd oer y de, o Quiriquina i Pisagua, o Arica i Magallanes.

Ac wrth edrych ar y wên ar wyneb Llysgennad Prydain fyddai neb yn dychmygu'r dasg annymunol sydd yn ei wynebu yn ystod y dyddiau nesaf pan fydd raid iddo holi —unwaith eto—ynglŷn â diflaniad Mr William Beausire, gŵr busnes o Brydain, a dau deithiwr o Brydain a ddiflan-nodd ar ganol eu gwyliau y noson honno y bu'r fyddin yn chwilota'n wyllt ym mhob twll a chornel o Santiago am Hernando Salas.

Na, mae'r awyrgylch yma yn dra gwahanol a'r olwg ar wyneb Zuckerman a'i weinidogion yn un o falchder wrth i'r haul ddisgleirio ar eu medalau a'u crandrwydd. Y

Cadfridog sy'n arwain y gymeradwyaeth. Y mae trefn wedi'i hadfer yn Chile, ac y mae popeth o dan reolaeth unwaith yn rhagor.

Mi ganiataodd y Cadfridog Cesar gyfweliad yn gynharach heddiw hyd yn oed rhyngddo ef ac Archesgob Chile, ac mi ddywedodd i sicrwydd na wyddai'r Seciwriti ddim oll am fodolaeth yr offeiriad, y Tad Mariano. Roedd yr honiadau iddo gael ei ladd dan law'r arteithiwr yn warth ar y Wladwriaeth.

Fe derfynodd y cyfweliad yn swta gyda'r sylw hwn o du'r Cadfridog: 'Alla i ddim derbyn bod rhai o'r offeiriaid yn cymryd yr hyfdra i feirniadu'r llywodraeth, Archesgob. Does gan yr Eglwys a'r Wladwriaeth ddim dewis ond cydweithio a chyd-dynnu i ddinistrio'r gelyn. Derbyniwch fy nghyngor i, a dywedwch wrthyn nhw am bregethu mwy am ddyletswyddau cyhoeddus a llai am iawnderau dynol.'

Mae'r bêl wen a sgarlad newydd gael ei gosod ar y marc ac y mae'r canolwr ar fin chwythu ei bib. Dyna gychwyn! Mae sŵn y bib mor debyg i honno a glywodd y carcharorion gynifer o weithiau—ond roedd rheolau'r gêm honno'n dra gwahanol.

Gwyliai'r pwysigion yn eiddgar o'r bocs wrth i Loegr hawlio cic o'r gornel. 'Eich Mawrhydi?' Saif Cyfarwyddwr Gwasanaeth Gwybodaeth y Wladwriaeth y tu ôl i'r bocs â'i wynt yn ei ddwrn. 'Mater brys, *Señor Presidente.*'

'Dim rŵan! Ewch o'ma!' Chaiff yr un dim darfu ar bleser y Llywydd heddiw.

Ond dydi'r Cyfarwyddwr Gwybodaeth ddim yn gwneud unrhyw osgo i symud oddi yno, yn hytrach mae'n gwthio'r câs dogfennau lledr dan drwyn y Cadfridog gan fynnu ei fod yn cymryd sylw ohono. 'Mae'n rhaid i chi weld hyn drosoch eich hun, Eich Mawrhydi!' Cydia'r Llywydd yn anfoddog yn y câs a'i agor. Ynddo y mae argraffiad heddiw o'r *Baltimore Express & Times.*

Stori gan Jack Normanton, sydd newydd ddychwelyd i'r Unol Daleithiau ar ôl cael ei ddiarddel o Chile sy'n llenwi'r dudalen flaen ynghyd â llun o lofruddiaeth Miguel Alberti.

Gôl! Mae Lloegr newydd sgorio ar hanner amser, ond does neb o'r rhai sydd yn y bocs wedi'i gweld—mae'r bocs yn wag oni bai am Lysgennad Prydain sy'n curo dwylo'n frwd. Mae pethau pwysicach na phêl-droed ar agenda'r *Junta.*

Mae'r dorf hithau wedi darganfod bod amgenach deunydd i'w ddarllen na'r daflen bêl-droed. Wrth i'r bobl godi ac ystwyrian yn ystod yr egwyl hanner amser, mae cannoedd o daflenni yn cyfnewid dwylo. Synna'r darllenwyr wrth weld llun trasig o'r Llew Arian yn cael ei saethu gan aelod o'r CNI, a synnant yn fwy fyth wrth ddarllen adroddiad Don Chailey a fu'n dyst i'r cyfan.

Ymysg y rhai sy'n dosbarthu'r taflenni, y mae efeilliaid; un ohonynt â het banama werdd, a bachgen wedi torri'i fraich gyda nhw.

Derbynnir y taflenni'n frwdfrydig ym mhob rhan o Chile. Heddiw fe'u rhennir o dan gownteri mewn siopau papurau, o dan fyrddau mewn ambell *gafé*, ac yn llechwraidd o fewn muriau eglwysi, ond fory cânt weld golau dydd mewn ffatrïoedd a iardiau llongau ac i lawr yn y mwynfeydd copr.

Ond mae angen mwy na hyn i ohirio'r gêm bêl-droed. Wnaiff pobl Chile ddim ffeirio gêm bêl-droed o'r safon

142

yma am wrthryfel. Go brin y gwnaiff y ceir ar y ffyrdd arafu, na'r busnes yn y siopau a'r *cafés* o ran hynny.

Ond mae yna rai sy'n barod i wrthryfela ac mae Andres yn eu mysg. Er iddo freuddwydio am gael gweld y gêm hon, y mae ei sedd o'n wag, ynghyd â thair sedd arall—un ei dad, un Braulio ac un Horacio.

Mae amser breuddwydio drosodd i Andres, a'r frwydr ar fin cychwyn . . .

Saif â'i wyneb creithiog yn edrych draw am y dorf. Thâl hi ddim i ddisgwyl am eraill, rhaid dechrau'r frwydr yn awr! Chwilia am Isa, yr un y mae'n ei charu, a gwena wrth weld ei het banama werdd yn dod i'r golwg yng nghanol y môr o bobl.

Gyda'n gilydd.

A Beto. A Diego. Pawb.

Rhaid i ni ymladd.

Ac ennill calonnau!

Mae'r sgôr yn gyfartal—un i Loegr ac un i Chile. Trwy gornel ei lygaid gwêl Andres y milwyr wrth y fynedfa'n rhwygo'r taflenni fesul un. Daw deigryn o hiraeth i'w lygad, hiraeth am ei dad; ond y mae gobaith yn ei galon.